ハヤカワ文庫 SF

〈SF2405〉

デューン 砂漠の救世主

〔新訳版〕

〔下〕

フランク・ハーバート

酒井昭伸訳

早川書房

8931

DUNE MESSIAH

by

Frank Herbert

Translated by
Akinobu Sakai
Published 2023 in Japan by
HAYAKAWA PUBLISHING, INC.
This book is published in Japan by
arrangement with
HERBERT PROPERTIES LLC
c/o TRIDENT MEDIA GROUP, LLC
through THE ENGLISH AGENCY (JAPAN) LTD.

デューン　砂漠の救世主〔新訳版〕

〔下〕

登場人物

ポール・アトレイデス……………ムアッディブ。皇帝
イルーラン……………………………ポールの正妃
チェイニー……………………………ポールの愛妃
アリア…………………………………ポールの妹
ヘイト…………………………………ダンカン・アイダホの偶人《ゴウラ》
スキュタレー…………………………ベネ・トレイラクスの踊面術士《フェイスダンサー》
エドリック……………………………航宙ギルドの操舵士
ガイウス・ヘレネ・モヒアム……ベネ・ゲセリットの老教母
スティルガー…………………………宰相。チェイニーの伯父
ハラー…………………………………スティルガーの妻
コルバ…………………………………聖職者《クィザーラ》。讃辞起草者
バナルジー……………………………衛士隊長
オシーム………………………………老フレメン
ドゥーリー……………………………オシームの妻
リクナ…………………………………オシームの娘
ビジャーズ……………………………ベネ・トレイラクスの矮人《こびと》

「太陽に慈悲は求めまい」

——「ムアッディブの苦悩」
『スティルガー註解』より

一瞬、気をぬいただけでも命取りとなる——ガイウス・ヘレネ・モヒアム教母は自分にそう言い聞かせた。

周囲をフレメンの衛士に囲まれたまま、一見、この窮状には無頓着なようすで、教母はよぼよぼと歩きつづけた。背後についている衛士のひとりは耳が聞こえず、〈繰り声《からく》〉もまったく通じないことがわかっている。ほんのわずかに疑わしい動きを見せただけでも、即座に殺せと命じられていることはまちがいない。

なぜポールはわたしを呼んだのか？　いよいよ刑を申しわたす気か？　思いだすのは、ずっとむかし、あの男を――まだ少年だった〈クウィサッツ・ハデラック〉を――試したときのことだ。あの男は底が知れない。

それにしても、やつの母親は時果つるまで憎んでも憎みたりぬ！　ベネ・ゲセリットがあの男の遺伝子系統を掌握しそこねたのは、すべてあの女のせいなのだから。

アーチ天井のもと、教母を護送する衛士たちの行く手には、ただ静寂のみがたれこめていた。いっさい音を立てるな、との命令がいきわたっているらしい。ポールはこの静寂に聞き耳を立てているのだろう――教母の到着を部下に告げられるよりも早く、その接近を感知できるように。むろん、教母としても、自分の力がポールの力に勝るなどという自己欺瞞《ぎまん》にひたるつもりはない。

まったく、いまいましい男め！

もどかしいのは、寄る年波でからだがいうことをきかぬ点だ。節々が痛んで、かつてのようにすばやい反応ができず、筋肉も若かりしころの鞭のような強靭さと柔軟さを欠く。この日はずっと、長い人生の果てにたどりついた、長い一日を送ってきた。〈デューン・タロット〉で自分の運命を占ってはみたが、なんの成果も得られてはいない。もっとも、タロット・カードなど、そもそもあてになるしろものではないのだが。

護送隊に囲まれて角をまわりこむと、その先にもまた、はてしなくつづくかと思われるアーチ天井の廊下が延びていた。左の壁には三角形をしたメタガラスの窓が連なっており、そこから上を覗けば、午後の太陽が落とす濃い影の中、菱形格子《トレリス》に絡みつく蔓草や藍色の花々が見えている。廊下の床はタイル張りで――エキゾチックな諸惑星の水棲生物たちがあしらってあった。構内にはいたるところに水を想起させるものがあふれている。水とは富……豊かさの象徴なのだ。

しばらく進み、交差する別の廊下に差しかかったとき、ローブを着た何人かの男が目の前を通過し、そのさい、教母にそれとなく視線を向けていった。こちらがだれかわかっているのだ――その態度からすれば。そして、警戒の面持ちからすれば。

教母はすぐ前をゆく衛士の襟首を見つめつづけた。頭髪はきちんと刈りととのえてある。肉体はなんとも若々しい。制服の襟に圧迫された部分にはピンクのしわが見える。

ほどなく、この山嶺《イギール》のような大要塞の巨大さがひしひしと身に滲《し》みてきた。廊下、廊下……また廊下……。途中、開かれた戸口の前に差しかかった。中からは、手持ち小太鼓《ティンブレル》と横笛がおだやかに奏でる古風な調べが聞こえてきた。ちらりと覗くと、演奏しているのはみなフレメンで、青の中の青の目でじろりと見返してきた。その眼差しには、不羈《ふき》奔放な遺伝子の中でうごめき、いまにもあふれださんばかりの、伝説の反骨心が感じとれた。

自分が背負う務めの根幹があるのはこの点だ。ベネ・ゲセリットたる者、遺伝子とその可能性からはなかなか意識をそらせない。それにしても、なんともったいないことか——そんな思いがひとりでにこみあげてくる。アトレイデスの頑迷な愚か者！　自分の股間に眠る宝玉のような子種を、なぜ活かそうとせぬ。あの者は〈クウィサッツ・ハデラック〉なのだぞ！　たしかに生まれる時代をまちがえはしたが、あれは本物——まごうかたなく本物の〈クウィサッツ・ハデラック〉にほかならない。それは忌み子である妹にもいえることだが……妹には未知の危険もつきまとう。ベネ・ゲセリットの自制を知らず、勝手に教母となったあの存在は、遺伝子の秩序だった発展になんら忠誠心を持っていない。あの娘はまちがいなく兄と同じ力を持っている——おそらくは、それよりも上の力を。

大要塞の巨大さが重圧になってきた。連綿と連なるこの廊下は尽きることがないのか？どこをどう歩いても、この要塞はただならぬ物理的パワーを発している。全人類の歴史において、いかなる惑星、いかなる文明も、これほど巨大な人工建造物を築いたことはない。なにしろこの要塞の中には、古代都市が十以上もすっぽりと入ってしまうのだ！

歩くうちに、警告灯がまたたく円形ハッチの列に差しかかった。これらが惑星イクスの産物であることはすぐにわかった。圧搾空気を利用した輸送システムの入口にちがいない。

こんな便利なものがあるというのに、なぜ自分はこんなにも延々と歩かされているのか？答えはひとりでに心の中で形成された。皇帝との謁見に先立って萎縮させるためだ。

ささやかな手がかりではあったが、他の微妙な徴候と総合すれば——護送の衛士たちの比較的抑えた態度やことばの選び方、〝教母〟と呼ぶとき目に浮かべる素朴なはにかみ、寒々しく飾り気も味気も欠いた連綿とつづく廊下——どんなベネ・ゲセリットにも歴然とわかる。

ポールはわたしからなんらかの情報を引きだすつもりにちがいない！

高揚してきた気分を押し隠した。どうやら駆け引きする余地はありそうだ。あとは取り引きを有利に運ぶ梃子《てこ》の性質を見つけだし、その強度を試すだけでいい。過去を顧みれば、この要塞を上まわるほど大きな対象を動かした梃子もある。指先一本で文明を転覆させた梃子もある。

思いだしたのはスキュタレーのあのことばだった。

〝自己の本質を特定の形で示すべく生を送った存在は、その対極の形をとるくらいなら、死を選ぶものなのです〟

教母が護送されていく廊下は、このあたりまでくると、いっそう壮大な印象をもたらすように巧妙な工夫が施されていた。支柱が段階的に太く、高くなっていき、それにつれてアーチ天井もさらに高くなりだしたのだ。三角形だった窓も縦に長い長方形の窓に取って代わられ、それが一段と大きく見せる効果を高めている。やがてついに目的地が見えた。目的地の手前にある控えの間は天井が高く、突きあたりの壁中央には巨大な両開きの扉がそそりたっている。とてつもなく大きな扉だった。あやうく人前で息を呑みそうになり、教母は必死にそんな反応を抑えた。目測の修行を積んでいるので、扉の具体的なサイズを把握するのはたやすい。高さはすくなくとも八十メートル。幅もその半分はあるだろう。

衛士たちに囲まれて近づいていくと、両開きの扉が自動的に奥へと開きだした。巨大な扉は隠された開閉機構によって荘重に、かつ音もなく開いていく。これもまた、イクスの技術にちがいない。衛士たちに導かれるまま、教母は左右にそびえる扉のあいだを通り、広大な謁見の間に足を踏み入れた。ここここそは皇帝が来訪者を接見する場所だ。ポール・アトレイデス帝――〝ムアッディブ、そのまえでは万民が卑小になる存在〟。人口に膾炙《かいしゃ》することばの意味を、教母はいま、身をもって思い知った。

遠い帝座についたポールのもとへ近づいていくにつれ、その巨大さもさることながら、建築学上の巧妙な構造にいっそう圧倒されている自分に気がついた。とてつもなく大きい。人類史におけるどのような支配者のどれほど大きな城塞も、この空間にまるごとすっぽり収まってしまうだろう。この大きさ自体が、見た目の荘厳さを維持するのにふさわしい、圧倒的な構造的強度を物語っている。周囲の壁の裏や、はるか高みにかかった大天蓋の陰——そこに隠されているであろう強靭な三角骨組《トラス》や支持梁《しじばり》は、かつて造られたどのような構造材の強度も凌駕《りょうが》するにちがいない。すべての要素は、この謁見の間に工学技術の粋が凝らされていることを示していた。

しかも、一見それとはわからない巧妙さで、謁見の間は最奥部でサイズを絞りこまれ、高い台座の中央で帝座につくポールの姿が小さくは見えないように造られている。目測の修練を積んでいない者は、まず周囲の荘厳さに圧倒されたのち、その壮大さの中にあってなお矮小《わいしょう》に見えない皇帝の姿を、じっさいより何倍も巨大に思うことだろう。配色もまた、鍛えられていない精神に大きく作用する。ポールがすわる緑の帝座は、惑星ヘイガル産の巨大エメラルド単結晶を削りだしたものだ。緑は植物繁茂を象徴する色であると同時に、フレメン神話にちなんだ哀悼の色であり——〝ここにおわすのはいつでも謁見者を哀悼の意の対象にしてしまえるお方であるぞ〟との含意を表わす。要するに緑は、生と死統合の象徴であり、謁見者に対して硬軟両面から畏怖《いふ》をいだかせる色なのである。帝座の背後に重層的にかかった荘重な段幕には、暗いオレンジ色と〈デューン〉の大地を示すくすんだ金色の生地が用いられており、そこにメランジを意味するシナモン色の斑紋がちりばめてあった。修行を積んだ者の目には、以上が象徴する意味は明らかだろうが、修行の足りぬ者ならばハンマーで殴られたような衝撃を受けるにちがいない。

時間も畏怖を高める効果を担っている。

教母は自分のおぼつかぬ足で皇帝のおひざもとまでたどりつく時間を見積もってみた。移動に要する時間は恐怖を高める時間だ。皇帝に対して多少含むところがあったとしても、この距離と時間がもたらす圧倒的な威圧感により、反骨心は謁見者の心から絞りだされてしまう。帝座にいたる第一歩めは威厳ある人物として堂々と踏みだせたとしても、帝座の前にたどりつくころには、自分が虫けら同然に感じられているだろう。

皇帝の周囲には、奇妙に整然とした配置で、側近たちや侍者たちが立ちならんでいた。奥の壁にかかる段幕の前には、帝室警衛の衛士隊が警戒怠りなく整列している。教母から見てポールの右側、陛《きざはし》の二段下には、あの忌み子、妹のアリアがいた。そしてアリアの手前、ひとつ下の段には、皇帝の腰巾着、スティルガーが。いっぽう、ポールの左側には、謁見の間の床から一段上に、男がひとりだけで立っていた。黄泉《よみじ》から帰ってきたばかりのあの偶人《ゴウラ》——ダンカン・アイダホだ。衛士隊のなかには年嵩《としかさ》のフレメンも混じっている。例外なくひげづらで、鼻に保水スーツのチューブでできた傷痕が残る指導者《ナイーブ》たちは、鞘に収めた結晶質《クリス》ナイフを腰に吊っており、何人かは毒針発射銃《マウラー》を携え、なかにはレース銃《ガン》を携えている者たちもいた。ポールの御前でレース銃を携行するからには、よほど信頼厚き者どもにちがいない。ポール自身が個人用の防御シールド発生装置《ジェネレーター》をつけていることは、ひと目でわかった。本人の全身が、うっすらとシールドの輝きで包まれていたからである。あのフィールドに一発でもレース銃を撃ちこめば、この要塞がまるごと消し飛ぶ大爆発が起こり、あとには地中にあいた大穴だけが残る。

前をゆく護送員たちが陛《きざはし》の十歩手前で立ちどまり、左右に分かれ、その結果、視界をさえぎるものがなくなって、皇帝の周囲がはっきり見えるようになった。帝座の付近にはチェイニーの姿もイルーランの姿も見当たらない。妙なこともあるものだ。重要な謁見にさいしては、ポールはかならず両人を立ち会わせると聞いていたのに。

ポールが教母にあごをしゃくった。口はきかない。値踏みしているらしい。

教母はすぐさま、先手を打つことにした。

「なるほど、偉大なるポール・アトレイデス帝におかれては、ご自分が入星を禁じた者を引見するおつもりになられましたか。さても寛大なお方じゃ」

ポールは苦笑し、こう思った。

(教母め、おれが情報を引きだすつもりでいると気づいているな。教母の教母たる所以《ゆえん》を考えれば、それも当然か)

ポールも老教母の力量は認めている。ベネ・ゲセリットたる者、たんに運がよいだけで教母になれるものではない。

　ポールは問いかけた。

「このさいだ、ことばで斬り結ぶ無駄は排除せぬか？」

（はて、こうもあっさり運んでよいものか？）心の中でそう思いながら、教母は答えた。

「お望みを承るとしましょうぞ」

　スティルガーが身じろぎし、ポールに鋭い目を向けた。皇帝の腰巾着め、いまの口調が気にいらなかったと見える。

「スティルガーが望んでいるのは、おまえの追放だ」

「ほほう、処刑ではなく？　フレメンの指導者《ナイーブ》ともなれば、もっと苛烈な望みをいだいておられそうなものじゃが」

　スティルガーが険しい顔になり、教母にいった。

「時と場合に応じて、腹にもないことを口にせねばならん。それが外交というものだ」

「ならば、その外交とやらも排除していただこうか。そもそも、わたしをここまで延々と歩かせる必要がありましたかの？　このとおり、わたしめはか弱い老婆じゃというに」

　こんどはポールが応じた。

「まずは、余がどれほど無慈悲になれるものか思い知らせておこうと思ってな。そうしておけば、そのほうも恭順になろう」

「ベネ・ゲセリットを相手に、ようもさような不作法を働けるものじゃて」

「疎略なあつかいは、それ自体、メッセージとなる」

教母はためらい、いまのことばの含みを量った。

(ということは——頭ごしに交渉する用意もあるのか？……歴然と、疎略な形でわたしを排除して。もしもこやつの望みに応じきれねば……しかし、その望みとはなんじゃ？)

教母はつぶやくようにいった。

「おいいなされ、わたしに望まれることを」

ここでアリアが、うしろをふりかえって兄を見あげ、帝座の背後に垂れる段幕にあごをしゃくった。アリアもポールの真意は知っていたが、この接見のやりかたを見るにつけ、いやな予感がしていたのである。

(予知というよりは、勘みたいなものだけどね)

それ以前に、この手の取り引きに関与すること自体、まったく気が進まない。

ポールがいった。

「余に対する口のききかたには重々注意することだな、おばばどの」

(こやつ、十五の齢《とし》にもわたしをつかまえて〝ばば〟呼ばわりしおったな)教母は思った。

（あのときわたしがこやつの手にしたこと——あれを思いださせようとしておるのか？　あのとき下した決断を、ここでもまた下さねばならぬのか？）

決断の重みを感じるあまり、両のひざがわなわなと震えだした。疲労した筋肉が悲鳴をあげている。

「長い歩みであったろうからな」ポールがいった。「疲れていることがひと目でわかる。ここは帝座の奥にあるわが私室に場を移すとしよう。そこで腰をおろすがいい」

そして、スティルガーに手信号を出し、立ちあがった。

スティルガーと偶人《ゴウラ》がそばまでやってきた。教母はふたりの手にすがって陛の上に昇り、ポールにつづいて段幕で隠された通路の入口に入った。ここにいたってやっと、教母にもポールが謁見の間で大仰に引見してみせた理由が見えてきた。あれは衛士と指導者《ナイーブ》たちに見せるための猿芝居だったのだ。だとしたら、ポールはあの者たちを警戒していることになる。それが一転して、いまでは——いまではあからさまに、恩情を見せようとしている。ベネ・ゲセリットを相手にこのような手管を弄するとは、なんと図太いことか。いいや、これは図太さか？　ふと背中に気配を感じてふりかえると、アリアが背後からついてきており、悪意に満ちた険悪な視線をこちらに向けていた。教母は思わず身ぶるいした。

通路を通りぬけた先にある皇帝の私室は、岩性樹脂《プラスメルド》で囲まれた、一辺が二十メートルの部屋だった。随所に黄色い発光球が灯り、室内を照らしている。まわりの壁面には砂漠用保水テントの濃いオレンジ色をした生地が掛けてあった。長椅子が数脚あり、その上には柔らかなクッションが載せてある。室内にただよっているのはほのかなメランジの香りだ。調度はほかにローテーブルが一脚。テーブルには水を入れたクリスタルグラスの細口瓶が何本か載っている。謁見の間を見てきたあとだけに、ひどく窮屈に感じられる部屋だった。

教母は長椅子の一脚にすわらされた。ポールはといえば、目の前に立ったまま、老女の齢ふりた顔を——鋼《はがね》を思わせる歯を、心のうちを見せず押し隠すことに長《た》けた目を、深い皺が刻まれた肌を——じっと見おろしていた。おもむろに、ポールが水の瓶を指し示した。老女はかぶりをふった。その動きで、灰色の髪がひとふさ、ほつれてたれた。

低い声で、ポールが切りだした。

「余が愛する者の生命について、取り引きをしたい」

スティルガーが咳ばらいをした。

アリアはナイフに手をかけている——首にかけた鞘入り結晶質《クリス》ナイフの柄《つか》に。偶人《ゴウラ》は戸口にとどまり、なんの表情も浮かべないまま、教母の頭上の空間に金属の目をすえていた。

「わたしが彼女を手にかけて死なす——そんな幻視でも観《み》られたか？」教母は問いかけた。

問いながら、偶人《ゴウラ》からは注意をそらさずにおく。その存在には妙に気にかかるところがあったからである。なぜ自分はこの偶人《ゴウラ》に脅威を感じているのか？　あれは陰謀の道具のひとつではないか。

老教母の問いには答えずに、ポールはいった。

「おまえが余に求めるものはわかっている」

（というからには、まだ確証をつかむまでにいたっておらぬな）

教母はそう思いつつ、足元に視線を落とし、ローブのひだのあいだに覗く自分の靴先を見た。黒い……黒い……靴にもローブにも、軟禁されていた痕がくっきりと残っている。薄汚れてしわだらけだ。あごをあげると、ポールが目を怒らせて自分をにらみつけていた。これはいける、という思いがこみあげてきたが、唇をすぼめ、目をすっと細めて、そんな思いを押し隠す。

「その求めに対して、いかなるお宝《コイン》をご下賜いただけますのかの？」

「わが子種を。ただし、直接にではない」ポールは答えた。「イルーランを追放処分とし、そのさい、人工受精で――」

「この罰《ばち》あたりめが！」教母は反射的に身をこわばらせ、声を荒らげた。

スティルガーが即座に半歩進み出る。

偶人《ゴウラ》は当惑ぎみの微笑を浮かべた。アリアはその偶人《ゴウラ》に目を光らせている。

「おまえたち修女会《シスターフッド》の禁忌を議論するつもりはない」ポールはいった。「原罪、忌み子、過去の聖戦《ジハード》を生き残った信仰に関する講釈など聞く耳持たぬ。おまえたちの計画のために、わが子種はくれてやる。だが、イルーランの産む子がわが帝座を継ぐことはありえぬ」

「御身の帝座とな？」教母は鼻先でせせら笑った。

「そうだ、わが帝座だ」

「ならば帝座の跡継ぎは？」

「お子の産めぬからだでか？」

「チェイニーが産む」

「すでに懐妊している」

教母は思わず息を呑み、衝撃の大きさをさらすはめになった。

「うそじゃ！」嚙みつかんばかりの口調で、教母は否定した。

飛びかかろうとするスティルガーを、ポールは片手で制して、

「二日前、チェイニーがわが子を宿しているとわかった」

「なれど、イルーランは……」

「人工受精にとどめる。譲歩はそこまでだ」

教母は目をつむった。ポールの顔を見ないようにするためだ。ええい、癪《しゃく》にさわる！　遺伝子のサイコロをこんなふうに転がしおって！　憤懣《ふんまん》やるかたない思いが胸の内で沸き返った。ベネ・ゲセリットのさまざまな教えも、〈バトラーの聖戦《ジハード》〉で得られたあまたの教訓も——なにもかもがこのような行為を禁止している。いかなる者も人類最高の成果を卑しめてはならない。どのような機械にも人間の心に類する機能を持たせてはならない。人間を動物のように人工受精させ、子を産ませる——そんな冒瀆《ぼうとく》を認めることばも行為も、断じて認めてはならない。

「腹は決まったか」ポールがいった。

かぶりをふった。遺伝子、アトレイデスの貴重なる遺伝子——唯一大事なのはそれだ。必要性は禁忌に優先する。とはいえ、修女会にとって、この交配はたんなる精子と卵子の結合以上の意味を持つ。精神的なありようまで獲得することが修女会の目標なのだから。

教母はようやく理解した。ポールの申し出は巧妙で老獪《ろうかい》きわまりない。この男がベネ・ゲセリットという組織にさせようとしている行為は、確実に民衆の怒りを買う……もしもことが露見したならば。たとえ露見しなかったとしても、修女会には〝イルーランの子が皇帝の血を引く〟と公表することも主張することもできない。皇帝に否定されてしまえばそれで終わりだ。このコインには、〝修女会がアトレイデスの遺伝子を得られる〟という表面だけでなく、〝絶対に帝座を得られない〟という裏面も潜んでいる。

室内を見まわして、ひとりひとりの表情を観察していった。スティルガーは命令一下、ただちに動こうと身がまえている。偶人《ゴウラ》は微動だにせず、自分の心の奥深くを眺めているようだ。そんな偶人《ゴウラ》からアリアは目を離していない。そしてポールは——平静を装いつつ、すこしも怒りを隠せていなかった。

教母は問うた。

「お申し出はそれだけかの？」

「それだけだ、わが申し出はな」

教母は偶人《ゴウラ》を眺めやり、その頬の筋肉がかすかにひくつくのをとらえた。あれは感情の表われか？

「そこのおまえ、偶人《ゴウラ》」教母は呼びかけた。「かくなる申し出には、なされるべき必然があるか？　なされたとして、受け入れねばならぬものか？　われらのために演算能力者《メンタート》の働きを見せてみよ」

金属の目がポールに向けられた。

「思うとおりに答えるがいい」ポールは許可を与えた。

偶人《ゴウラ》はきらめく目を教母に向け、またしても驚愕すべきことに、ほほえんでみせた。

「申し出とは、確実に得られるものがある場合にのみ有効となります。ここで提示された申し出は、生命で生命を購《あがな》おうというもの。きわめて高次のビジネスです」

ここでアリアが、額にたれた銅《あかがね》色の髪をかきあげ、口をはさんだ。

「だとしたら、この取り引きには、ほかになにが隠されているの？」

教母はあえてアリアのほうを見ないようにしていたが、心中ではいまのことばが燦爛《さんらん》と燃え盛っていた。さよう、この取り引きには、上辺《うわべ》から見えるよりもはるかに深い意味が隠されている。たしかにアリアは忌み子だが、だからといって、教母であることに否定の余地はない。教母を名乗れる資格はすべて備えている。ガイウス・ヘレネ・モヒアムは、いまこの瞬間、ひとりの教母としてのみならず、記憶の中で小さな集会所にすわる無数の教母全員とともに在った。その教母たちはみな、こぞって警戒していた。修女会の司祭女、すなわち教母に就任するにさいし、精神に取りこんだ教母のひとりひとりがだ。そして、アリアもまた同じ立場から、過去の教母すべての記憶を共有し、この場に立っている。

「ほかになにが、とおっしゃいますか？」偶人《ゴウラ》は問い返した。「ベネ・ゲセリットの魔女たちがトレイラクス会の技術を利用しないとすれば、むしろ不思議ではありませんか」

ガイウス・ヘレネ・モヒアムとその精神内に座すすべての教母は慄然とした。たしかに、トレイラクス会は忌まわしき者どもの集団だ。ひとたび人工受精への禁忌が破られれば、つぎにトレイラクス会が踏みこむのは――制御された変異体の創造にちがいない。

まわりで逆巻く感情の荒浪を眺めていたポールは、突如としてこの部屋にいる者全員が見知らぬ者としか思えなくなった。だれもかれもが勝手なことを口走る。アリアでさえも知らない人間に見える。

そのアリアがいった。

「アトレイデスの遺伝子をベネ・ゲセリットの河に流せば、どんな結果になるかわかったものじゃないわ」

ガイウス・ヘレネ・モヒアムは声の主に鋭く顔をふり向け――アリアと視線が合った。ほんのつかのま、両者は教母同士として同じ思考を共有した。

(トレイラクス会の行動にはいかなる思惑がある？　偶人《ゴウラ》はトレイラクス会の被造物じゃ。であるならば、ポールにこの取り引きプランを吹きこんだのは偶人《ゴウラ》か？　ポールはベネ・トレイラクスとじかに取り引きをするつもりなのか？)

老教母はアリアの目から視線を引きはがした。相反する感情が自分の中で葛藤している。おのが力不足を感じもした。ベネ・ゲセリットの修行の欠陥は与えられた力の中に潜む。このような力を持つ者は虚栄心と慢心に陥りやすい。力はそれをふるう者に勘ちがいさせ、力があればいかなる障害も乗り越えられると思いこませがちだ。その障害のなかには……

自分自身の無知も含まれる。

ベネ・ゲセリットにとり、この場においてなによりも重要なことはただひとつしかない。何千世代ものあいだ営々と築いてきた遺伝系統のピラミッドに、ポール・アトレイデスという頂点を……さらには忌み子の妹という頂点を積んだことだ。ここで選択をあやまてば、一からピラミッドを築きなおす必要が生じて……並行する血統を何世代も何世代も遡り、資質のある候補者同士を計画的に婚姻させねばならなくなる。しかもその候補者たちには例外なく、最優良の特質が欠けている。

(制御された変異体とな?)と教母は思った。(トレイラクス会はほんとうに、さようなだいそれたことに手を染めたのか? ああ、なんと心をそそることか!)

またしても、かぶりをふった。こんな考えは心から閉めだしたほうがいい。

「申し出を断わるのか?」かぶりをふったことで、ポールに問われた。

「いまだ思案の最中ですじゃて」

教母はそう答え、ふたたび妹に目をやった。この女アトレイデスにとって最適であった交配相手は失われた……ポール自身によって殺されたのだ。しかし、選択肢はあとひとつ残っている——望ましい特性を子孫に根づかせる選択肢が。ポールはベネ・ゲセリットに対し、けものの交配手法を申し出た！　チェイニーの命を購うのにどれほど大きな代償を払うことになるのか、この男にはわかっているのか？　けものの交配というのであれば、自分の妹と交配するはめになる可能性まで考えているのか？

時間を稼ぐために、教母はいった。

「ひとつお聞かせねがいたい、おお、醇乎《じゅんこ》として聖なる瑕疵《かし》なき見本よ。御身の申し出について、イルーランはなにか申しておったか？」

「イルーランなら、おまえの意のままに動くはずだろうが」ポールはうなるように答えた。

（もっともじゃ）と教母は思い、口を引き結ぶと、また別の角度から切りだした。

「この世にはアトレイデスがふたりおる」

老魔女の心にわだかまる考えを察したのだろう、ポールの顔が朱を帯びた。

「ことばに気をつけてものをいえ」

「御身はご自身の目的のためイルーランを利用しようとしていなさる。さようじゃな？」

「あれは利用されるために訓練を受けたのだろう？」

（その訓練を施したのは修女会のおまえではないか——そういっておるわけか。まあよい……しょせんイルーランは割れた屑貨幣。そんな貨幣に、ほかの使い道があったろうか）

「やはりチェイニーの子を帝座につけるおつもりか？」教母はたずねた。

「わが帝座にな」

ポールはそこでアリアに目を向けた。妹がこの会話の持つ多様な含みに気づいているか、急に気になったのだ。当のアリアは目をつむり、この娘らしくもなく、静かに立っている。いったいどんな内なる力と語りあっているのだろう。妹がこんな状態にあるところを見て、ポールは自分が岸辺から離れ、押し流されていくような感覚をおぼえた。アリアが立っている堅固な岸からはしだいに引き離されていく。

そのかたわらで、教母はついに決断を下した。

「ことが大きすぎて、独断ではいかんともお答えいたしかねる。ワラックのわが評議会に諮《はか》らねばなるまいて。メッセージを送る許可をいただけようか？」

(まるでおれの許可が必要みたいな言い方をする！)

ポールは腹の中でそう思い、口に出してはこういった。

「そういうことなら、やむをえまい。しかし、あまり長びかすな。おまえたちが相談しているあいだ、いつまでも漫然とすわっているつもりはないぞ」

ここで偶人《ゴウラ》が口をはさみ、鋭い口調でポールにたずねた。

「ベネ・トレイラクスとの取り引きはなさるおつもりなのですか？」

そのとたん、アリアがかっと目を開き、偶人《ゴウラ》を凝視した。まるで危険人物の侵入により、目が覚めたという反応だった。

「そのような決断を下してはおらぬ」ポールは答えた。「余の腹づもりは、本件に決着がつきしだい、砂漠へ発《た》つことだ。われわれの子供は群居洞《シエチ》で生まれることになる」

「賢明なご判断です」スティルガーが声に抑揚をつけて肯定した。

アリアはスティルガーを見ないようにしていた。なぜなら、この判断がまちがっているように思えたからだ。全身の細胞ひとつひとつが、兄の判断はまちがいだと感じている。ポールもそれに気づいているはずなのに、なぜ誤った道を進もうとしているのだろう？

アリアはポールにたずねた。

「ベネ・トレイラクスは取り引きを申し出てきたの？」

教母が耳をそばだてているのがわかった。

ポールはかぶりをふり、

「いいや」と答えた。それから、スティルガーに顔を向けて指示を出した。「スティル、ワラックにメッセージを送る準備を」

「ただちに、ム・ロード」

ポールは背を向け、スティルガーが衛士たちを呼び、老魔女を連れて去るまで待った。

アリアが内心、兄の真意を問いただそうかと葛藤しているのがわかった。しかしアリアは、兄を問いつめるかわりに、偶人《ゴウラ》のほうへ顔を向けた。

「演算能力者《メンタート》。トレイラクス会はにいさまの歓心を買おうとすると思う？」

偶人《ゴウラ》は肩をすくめただけだった。

ポールは自分の思考がさまよいだすのをおぼえた。

（トレイラクス会が？　いいや、歓心を買おうとはしないだろう……アリアが思っているような意味ではな）

しかし、いまの問いかけからすると、アリアはこの時点における分岐の選択肢を観てはいないことになる。まあいい……予知能力者がふたりいれば観る幻視も異なる。ましてや兄と妹だ、観えるものがちがっていてもなんら不思議はない。思考がさまよっていく……さまよっていく……そして、折にふれて出発点にもどってきては、まわりの会話の断片を拾い集め、またさまよいだす。

「……知らねばならないのは、トレイラクス会が……」

「……データの完全性はつねに……」

「……疑念をいだくのも当然の……」

ポールは向きなおり、妹に顔を向け、さりげなく注意を引いた。アリアは兄の顔に涙の筋が引いていることに気づき、なぜ泣いているのかといぶかるだろう。それならそれで、けげんな思いをさせておこう。いまはそう思わせることがやさしさなのだから。つぎに、偶人《ゴウラ》に目を向けた。そこにいるのは、まぎれもなくダンカン・アイダホだった——たとえ金属の目が入ってはいても、ダンカン・アイダホだった。悲しみと哀れみがポールの中でせめぎあう。あの金属の目は、いまなにを記録しているのだろう。

（目で見えるものにはなにかと限界があり、見えないことにもなにかと限界がある）

ポールの精神内に、『オレンジ・カトリック聖典』の一節をわかりやすく言いかえた、こんなフレーズが浮かんできた。

〝周囲に広がる他の世界を見ること能《あた》わず、また聞くことも能わざるは、いかなる感覚の欠如したるゆえか〟

あの金属の目は、視覚以外にもなんらかの感覚を具《そな》えているのだろうか。

アリアが兄の深い悲哀を感じとり、歩みよってきた。そして、フレメン式の畏怖を示すしぐさで、ポールの頰に流れる涙に手を触れ、こういった。

「愛する者たちのために涙を流してはだめ。その者たちが身罷《みまか》る前には」

「その者たちが身罷る前に、か」ささやき声で、ポールは答えた。「では、教えてくれ、妹よ。〝前に〟とはいつを指すんだ？」

「神でいることにも祭司のまねごとにも、もううんざりだ！　自分に纏《まつわ》る神話をわたしが知らないとでも思うのか。だとしたら、もういちど自分のデータを見なおしてみるがいい、ヘイト。いまや人間のごく基本的行為にまで、わたしを讃える儀式が浸透している状況だ。人々はムアッディブの名においてものを食う！　人々はわたしの名において愛しあい、わたしの名において子を産み——わたしの名において道を横切る。はるか遠い惑星ガーンギーシュリーのとびきり粗末な小屋でさえ、ムアッディブの祝福がなければ棟上げすることもできないのだぞ！」

——「憤慨録」
『ヘイト年代記』より

「なんと大きな危険を冒すのか──持ち場を離れてこんな時間に訪ねてくるとは！」

重力中和タンクの透明壁ごしに踊面術士《フェイスダンサー》をにらみつけ、エドリックは苦言を呈した。

「なんとも脆弱かつ狭量な考え方をするものだ」スキュタレーは応じた。「きみを訪ねてきたのはだれだと思ってるんだ？」

エドリックはためらい、訪ねてきた男の、巨大な体軀《たいく》、部厚いまぶた、鈍重そうな顔をじっと見つめた。まだ早朝なので、エドリックの代謝は夜間休止モードから香料《メランジ》全開消費モードへ移行していない。

「……その姿で街路を歩いてきたわけではないのだな？」エドリックはたしかめた。

「本日、ここにくるまでにいろいろな姿をとってきたがね、すれちがう者に二度見されることは一度たりともなかったよ」

（カメレオンというやつは、体色を変えるだけで完璧に姿を隠せると思っているからな）

エドリックはめずらしく気のきいたことを考えてから、自分の身をふりかえった。この陰謀において、自分は確実に、すべての予知能力者から陰謀の関与者を隠蔽《いんぺい》できているのだろうか。皇帝の妹は、いま……。

エドリックはかぶりをふり──そのしぐさでタンク内のオレンジ色の気体が揺れ動いた──たずねた。

「なにをしにきた？」

「あの贈り物をせっついて行動を早めさせる必要が出来《しゅったい》したんだ」スキュタレーは答えた。

「無理だな」

「無理でもやってもらわねばこまる」スキュタレーはゆずらなかった。

「なぜだ」

「事態の進み具合が思わしくない。皇帝はわれわれを分断しにかかっている。すでにあのベネ・ゲセリットを拘束した」

「ああ、あの件か」

「あの件か、ですむか！　偶人《ゴウラ》をせっついて、早急に――」

「あの者を創ったのはそちらだ、トレイラクス会士。せっつきようのないことはそちらのほうがよく知っているだろう」エドリックはことばを切り、タンクの透明壁にぐっと顔を近づけてきた。「それともあの贈り物について、われわれに虚偽の報告でもしたのか？」

「虚偽の？」

「あの武器は狙いを定めて放つだけ、あとはなにもしないでいい――そういっただろう。ひとたび偶人《ゴウラ》を贈り物として差しだしたのち、われわれにできることはなにもないと」

「どんな偶人《ゴウラ》であれ、動揺させることはできる。必要なのはあの者に自分のオリジナルについて質問することだ。それだけでいい」

「すると、どうなる？」

「あの者の精神を刺激して、われわれの目的に見あう行動をとらせられる」

「あの偶人《ゴウラ》は論理と道理に秀でた演算能力者《メンタート》なのだろう」エドリックは反論した。「あの者はわれわれがしていることを推測するかもしれない……でなければ、あの妹が推測する恐れもある。もし妹の注意がそがれて、あの男に注がれれば――」

「きみにはあの巫女《みこ》からわれわれを隠せるのか、隠せないのか、どちらだ？」

「予知能力は恐るるに足りない」エドリックは答えた。「危惧しているのは、論理であり、現実の工作員であり、帝国の物理的力であり、香料《スパイス》の流通制御であり――」

「たしかに、皇帝とその予知能力はそれほど恐れなくてもいいだろう――ただしそれは、あらゆるものに限界があることをきみが自覚していればの話だ」

　奇妙なことに、操舵士はスキュタレーのことばに動揺し、大きくからだをのけぞらせ、奇怪なイモリのように四肢をのたうたせた。あまりにも気味悪い光景に、スキュタレーはこみあげてくる不快感と戦った。ギルドの航宙士はいつものように黒いレオタードを身につけている。ベルトの部分が膨らんでいるのは、そこに各種の容器を収納しているためだ。しかし……ああして身をくねらせていると、妙に全裸じみた印象を与えずにはおかない。

水の中を泳いでいるかのような手足の動き方がそう感じさせるのだろう。ここにおいて、スキュタレーはまたしても、自分たちの陰謀をつなぐ絆がいかに脆弱であるかを実感した。関わっているのはけっして親和性のある者同士ではない。その点は弱みになる。

ようやく動揺を抑えたエドリックは、生命を維持する気体ごしに、オレンジ色に染まるスキュタレーを凝視した。この踊面術士《フェイスダンサー》、自分だけが助かるために、どのような安全策を隠している？　このトレイラクス会士は予測可能な形での行動をとらない。悪い徴候だ。

航宙士の声と動きのなにかから、スキュタレーはこのギルドマンが皇帝より妹を恐れていることに気がついた。いきなり意識のスクリーンに大写しされたこの問題は懸念材料だ。自分たちはアリアについて、なにか重要なことを見過ごしていたのだろうか。皇帝と妹をともに破滅させる武器として、あの偶人《ゴウラ》は充分な効果を発揮するのか？

「アリアについていわれていることを知っているかね？」スキュタレーは探りを入れた。

「どういう意味だ？」ふたたび、半魚人が動揺を見せた。

「哲学も文化も、かつてあのような守護聖女を戴いた例《ためし》はない。放埒《ほうらつ》さと美が一体化したあの存在は――」

「美と放埒さにどれほどの強みがあるというのか。われわれはアトレイデスをふたりとも破滅させる。文化だと！　やつらが普及させるのは支配に都合のいい文化だ。美だと！

やつらが奨揚するのは隷属化を推し進める美だ。そうやって無知無学の徒を生みだす――意のままに操れる手合いばかりを。やつらは自立の芽をひとつとして残さない。鎖だ！　やつらがすることといえば、鎖で縛り、奴隷化することのみ。しかし、奴隷というものはかならず反乱を起こす」

「あの妹、結婚して子を産むかもしれないぞ」スキュタレーはいった。

「なぜ妹の話をする？」

「皇帝が妹の結婚相手を選ぶかもしれないからだ」

「選ばせればいい。どうせもう手遅れだ」

「きみといえども、つぎの瞬間に起こる事象までは生みだせない。きみは創造者ではないからな……しかしそれは、アトレイデス兄妹も同じことだ」スキュタレーは理を説いた。

「予断はなるべく控えねばなるまいよ」

「創造について、あれこれ言を費やす立場には、われわれはない」エドリックは反論した。

「われわれはムアッディブから救世主を生みだそうとする衆愚とはちがうのだ。なにゆえ、そのようなたわごとを持ちだす？　そのような疑問を呈する？」

「わたしではないさ、この惑星がだ。この惑星自体が疑問を呈しているんだ」

「惑星が口をきくか！」

「きくんだよ、この惑星はな」

「なんだと？」

「この惑星は創造を語る。夜に吹く砂嵐、それこそが創造だ」

「夜に吹く砂嵐……」

「夜明けとともに兆す曙光《しょこう》が見せるのは、きのうとは異なる世界だ。足跡ひとつない砂地。すべての上に砂が降り積もり、新たに足跡がつけられるのを待っている」

（足跡ひとつない砂地？　創造？）

エドリックはいぶかり、突然の不安にさいなまれた。タンクという閉所の中に浮かび、このせまい部屋の中にいると、なにもかもが周囲から押し迫ってくるような、全身を締めつけられるような感覚をおぼえてしまう。

（砂上の足跡か）

エドリックは口を開いた。

「フレメンのようなことをいうのだな」

「まさしくフレメン流の考え方なのさ。あれは参考になるところが多い」スキュタレーはうなずいてみせた。「フレメンはムアッディブの聖戦《ジハード》を、宇宙に足跡を残す行為だと——フレメンが真新しい砂に足跡を残すのと同じ行為だという。つまり、人民ひとりひとりの一生に足跡を残すのだと」

「で？」

「やがて夜がくる」スキュタレーは答えた。「そして、砂嵐が吹く」

「ふむ……聖戦《ジハード》にも終焉《しゅうえん》がくる、と。ムアッディブは聖戦《ジハード》を利用した。その結果——」

「ムアッディブが聖戦《ジハード》を利用したことはない」スキュタレーは否定した。「聖戦《ジハード》のほうがムアッディブを利用してきたんだ。可能であれば、ムアッディブは聖戦《ジハード》を止めただろう」

「可能であれば？　可能もなにも、皇帝がひとこと命じさえすれば——」

「そう単純な話なものか！」スキュタレーは語気を強めた。「心を害《そこ》ねる伝染病を止めるすべはない。人から人へ、心の病原体は何パーセクも飛び越えて感染する。その感染力はすさまじい。それは人の心の防疫が弱い部分を突き、すでに他の疫病の断片に巣食われている部分を突く。そんなものをだれに止められる？　〝ムアッディブ〟に治療薬はない。この病原体は混沌に根差す。混沌に停止命令がとどくとでも思うか？」

「では、スキュタレーも感染しているのか？」

　エドリックは問いかけ、オレンジ色の気体中でゆっくりと回転しつつ、スキュタレーの声になぜこれほどの恐怖が宿っているのだろうと考えた。踊面術士《フェイスダンサー》は陰謀から足抜けする魂胆なのか？　この惑星にきてしまった以上、もはや未来を予知し、この者がこの先どう行動するかをたしかめることはできない。予知能力者が三人もいるこの惑星では、未来の水脈は濁流と化している。

「感染しているとも。われわれ全員がな」

スキュタレーはそう答えるかたわら、操舵士の信じがたい凡愚ぶりに改めて暗然とした。エドリックの知力にははなはだ限界を感じる。このギルドマンにトレイラクス会の意図を理解させるには、いったいどう説明すればいいのか。

エドリックがいった。

「しかし、皇帝を破滅させれば、感染源は断たれて——」

「きみを無知なまま放置しておいてもいいのだが——役目上、看過するわけにもいくまい。この件はわれわれ全員を危険にさらしているのだから」

エドリックは弾けるように後退したのち、水かきのある足の片方をうしろに蹴りつけ、体勢を安定させた。その動きによって、両脚の周囲でオレンジ色の気体が激しく渦巻いた。

「妙なことをいう」

「そもそもが、この計画自体、爆弾のようなものなんだ」スキュタレーはそれまでよりも冷静な声で答えた。「いつ爆発してもおかしくはない。爆発したなら、その余波は以後の何世紀にもわたって禍根《かこん》を残すだろう。それがわからないのか？」

「われわれは過去に何度も宗教と衝突したことがある」エドリックは反論した。「今回の宗教にしても――」

「相手は宗教のみではない！」陰謀仲間にこれほど手きびしく説諭するところを見たら、あの教母はなんというだろう、とスキュタレーは思った。「宗教的政府となると話はまた別だ。ムアッディブは聖職省《クィザーリット》の者をありとあらゆるところに浸透させて、それまで政府の機能をになっていた者を聖職者《クィザーラ》で置きかえた。ゆえに、正規の官僚機構を持っているわけではないし、各惑星の事情にくわしい外交官を持っているわけでもない。持っているのは司教職のみ。そしてその司教のそれぞれに権威の〝島〟を与えた。各島の中心にいるのは、司教というひとりの人間でしかない。人間というものはすぐに個人的権力を得て維持するすべを身につける。おまけに人間は嫉妬深い」

「やつらが分裂したあと、ひとりずつ味方に取りこめばすむ話ではないか」エドリックが満足げにいった。「頭を切り離せば、からだが倒れるは必然――」

「このからだにはな、頭がふたつあるんだよ」

「もうひとつは、妹か――結婚するかもしれない妹」

「確実に、結婚はする」

「その口調、気にいらないな、スキュタレー」

「こちらはきみの無知が気にいらないね」

「妹が結婚したらどうなるというんだ？　われわれの計画が揺らぐとでも？」

「揺らぐのは全宇宙だ」

「しかし、あの者たちだけが特別ではない。かくいう自分も同様の予知能力を――」

「能力の高さでいえば、きみなど幼児にすぎん。あの者たちが闊歩《かっぽ》する前でよちよち歩く幼児でしかない」

「あの者たちだけが特別ではないといっているだろうが！」

「忘れているようだな、ギルドマン、われわれがかつて〈クウィサッツ・ハデラック〉の創造に成功したことを。〈クウィサッツ・ハデラック〉とは〈時〉の荘厳な驚異に満ちた存在だ。そのような形態の存在には、みずからを存在意義上の窮地に追いこまないかぎり、脅威を感じさせることはできない。ムアッディブは気づいている――われわれがあの男の愛するチェイニーに殺意を持っていることに。われわれとしては、その予定をくりあげて迅速に行動せねばならない。きみは至急、偶人《ゴウラ》のもとへ赴き、わたしが指示したとおりの行動をとれとせっつけ」

「もしも断わったなら？」

「天雷に見舞われることになるだろうな――われわれ全員が」

おお、あまたの歯を持つ蟲《ワーム》よ、
おまえは拒めるか、癒されざる者を？
肉体と呼吸の力によって
おまえは喚《よ》ばれる、始原の大地へ
悶《もだ》える怪物どもを炎の口で喰らいつつ！
おまえの衣装にその身を包むローブはなく
ゆえに神性の毒を包み隠せず
燃えたつ野望も押し隠せぬ！

——「蟲《ワーム》の詩《うた》」
『〈デューン〉の書』より

ポールはひと汗かいたところだった。さっきまで鍛練室で偶人《ゴウラ》を相手に結晶質《クリス》ナイフと小剣を使い、格闘訓練をしていたのである。いまは窓辺に立ち、〈アリアの大聖堂〉前の広場を見おろしながら、医務室に運びこまれたチェイニーのようすを案じているところだ。妊娠六週めを迎えたチェイニーのぐあいが急に悪くなったのは、午前なかばのことだった。宮廷医師たちは最優秀の名医ぞろいだ。そして診断の結果が出れば、ただちに報告がくることになっている。

広場の上には午後の砂塵雲がかかり、それゆえ空は暗い。フレメンはこのような天気を〝不浄の気〟と呼ぶ。

やはり医師たちは連絡してこない……。予知どおりなら、報告にくるのはチェイニーのはずだが、とにかく一秒一秒が抵抗しながら過ぎていき、ポールの宇宙に入ってこようとせずにいる。

待ってばかり……待ってばかりだ……ベネ・ゲセリットは、ワラックからなんの連絡もよこさない。もちろん、意図的に返答を引き延ばしていることはわかっている。

予知の幻視でこの瞬間は何度となく観てきたが、あえて意識から閉めだしてきた。この時間帯域を泳ぐ〈時の魚〉に求める役割は、望みの場所へ自分を連れていくことではない。自分の意志に関係なく、〈時の水脈〉に運ばれるまま、流されるままにしてくれることだ。

運命はいまこのとき、抗《あらが》うことを許容していない。

偶人《ゴウラ》が武器を剣架にしまい、装備を点検している音が聞こえていた。ポールは嘆息し、片手をベルトに持っていくと、防御シールドを解除した。ちりちりという感触とともに、消えゆくフィールドが肌をなでていく。

チェイニーがきたときの会話にそなえ、腹をくっておかねばならない。それまでには、チェイニーをすこしでも長く生き延びさせるため、心の奥底に隠していた事実を受け入れられるだろう。生まれてくる子供より母体のほうを優先する——それは悪いことだろうか。自分はどんな権利があって、チェイニーがなすべき選択をなしたのか。いや、こんなのは愚かな考えだ！　この道を選ばなかった場合の分かれ道を考えれば、ためらう者がどこにいよう。別の道に待ち受けるものは、奴隷落ち、拷問、苦悶に満ちた悲嘆……さらには、もっと悲惨な可能性なのだから。

ドアが開く音がした。そして、チェイニーの足音。

ポールはふりかえった。

チェイニーの顔には殺意がみなぎっていた。金色のローブを腰の位置で締めた幅の広いフレメンのベルト、ネックレスとして首にかけた計水環つづり、腰に（それもナイフからそう遠くないところに）あてた片手、どんな部屋へ入るときにも油断なく全体に走らせる鋭い視線──チェイニーにまつわるあらゆるものが、暴力への強い衝動をひしひしと感じさせた。

歩みよってくるチェイニーを、ポールは諸手《もろて》を広げて迎え入れ、抱き寄せた。

「何者かが──」ポールの胸に顔を埋《うず》めて、チェイニーはあえぐように訴えた。「食事に避妊薬を盛っていたの、ずいぶん長いあいだ……わたしが食事内容を変えるまで、ずっと。そのせいで、生まれてくる赤ちゃんは問題をかかえることになるそうよ」

「しかし、治療法はあるんだろう？」

「危険な療法なら。避妊薬を盛った者はわかってるわ。あの女の血をぶちまけてやる！」

「愛しいシハーヤ」ポールはささやきかけ、いっそう強くチェイニーを抱きしめた。急に襲ってきた震えを抑えるためだ。「ふたりで待ち望んでいた子供が、ついに授かるんだ。それだけじゃだめかい？」

「代謝が急速に活性化しているの」ポールにぐっと身を押しつけて、チェイニーはいった。「出産のためにからだが力をつけているんだそう。医師たちがいうには、活性化の勢いがすさまじいそうよ。どんどん栄養を摂って……どんどん香料《スパイス》も摂取しなくては……固形の形でも、液体の形でも。ただし……この返礼に、あの女だけは殺してやる！」

ポールは愛妃の頬にキスをした。

「いいや、愛しいシハーヤ。きみはだれも殺したりはしない」

そして、心の中でこう思った。

（イルーランはむしろ、きみの寿命を延ばしてくれたんだ、いとしいチェイニー。出産の時こそ、きみがこの世を去る時なんだから）

押し隠した悲しみが自分の精気を吸いとり、生命力を黒い瓶に詰めて捨て去るのが感じられた。

チェイニーはポールから身を離した。

「でも、あの女を赦すわけにはいかないわ！」

「だれも赦すとはいってない」

「それなら、なぜわたしが殺してはいけないの？」

淡々とした、フレメンにとっては当然の疑問に、ポールはもうすこしでヒステリックな笑いを洩らしそうになった。それをごまかすために口にしたことばは――。

「殺したところで、得るところはなにもない」

「その場面を観たの？」

あの幻視＝記憶を思いだしただけで、ひとりでに身がこわばった。

「ぼくが幻視で観たものは……観たものは……」つぶやくように答える。

周辺事象のあらゆる側面が単一の現在に収斂《しゅうれん》したため、心が麻痺したようになっている。自分がひとつの未来、何度となく幻視で観てきた未来にくりつけられているのを感じた。その未来が淫《みだ》らな淫魔のように、精神にしがみついて離れない。血の気が引いた。自身の啓示という魔女の呼び声に魅かれて、おれは無慈悲な現在に引きずりこまれたのだろうか。

「あなたが観たものを教えて」チェイニーがうながした。

「それはできない」

「なぜあの女を殺してはいけないの？」

「ぼくがそう願うからだ」

チェイニーが夫の強い願いを受けとめてくれたことがわかった。砂が水を受けとめて、吸いこみ、水そのものを見えなくさせてしまうように。そうさせるのは、この熱く怒れる〝砂表〟の下に隠れた自分に対する服従心か？　そこでようやく、ポールは気がついた。この〈大天守〉の中で暮らすようになってからも、チェイニーはまったく変わっていない。チェイニーはこの〈大天守〉に一時的にとどまっているだけだ——夫との長旅をつづけるための中継点として。チェイニーからはいっさい砂漠住みの精神が失われてはいない。

チェイニーはここで、夫からやや距離をとり、偶人《ゴウラ》に目をやった。当の偶人《ゴウラ》は鍛練室のドア付近に設けられたダイヤモンド張りの円形リングに立ち、じっと待機している。

「彼と剣の手合わせを？」チェイニーがたずねた。

「ああ。いい鍛練になる」

チェイニーの視線がいったん床のリングに降り、また偶人《ゴウラ》の金属の目に戻った。

「気にいらないわね」

「ぼくに害意を持ってはいないさ」

「それも観たの？」

「観てはいないが」

「だったら、なぜ害意がないとわかるのよ？」

「ただの偶人《ゴウラ》ではないからだ。あれはダンカン・アイダホなんだ」

「ベネ・トレイラクスに創られたのに？」

「連中、自分たちが意図した以上のものを創りあげたということだろう」

チェイニーはかぶりをふった。そのしぐさで、男子出産婦《ネゾーニ》スカーフの端がローブの襟に触れた。

「あれが偶人《ゴウラ》であるという事実は変えようがないでしょう？」

「ヘイト」ポールは偶人《ゴウラ》に声をかけた。「おまえはわたしを破滅させる道具か？」

偶人《ゴウラ》は答えた。

「〝いま〟、〝ここ〟におけるものごとの本質が変わるなら、未来は変わるでしょう」

「答えになってないじゃないの！」

ポールは前よりも大きな声で、

「わたしはどんなふうに死ぬ、ヘイト？」

人工の目がきらりと光を反射した。

「聞くところによれば、わが君《ム・ロード》は金と力が原因で亡くなる由」

チェイニーが身をこわばらせ、ポールにいった。

「この男、よくも皇帝にこんな口をきけるものね」

「真実を語るのが演算能力者《メンタート》だからな」

「ダンカン・アイダホはほんとうの友人だったの？」

「命と引き替えにぼくを救ってくれた男だぞ」

「悲しいことだわ」チェイニーはつぶやくようにいった。「偶人《ゴウラ》として生き返らせても、オリジナルの状態にはもどせないなんて」

「わたしを回心させるおつもりですか？」チェイニーに視線を向けて、偶人《ゴウラ》はたずねた。

チェイニーはポールにたずねた。

「いまの、どういう意味？」

「この場合、元の状態に返すということだろう」ポールは答えた。「しかし、元にもどすすべはない」

「自身の過去を引きずらない人間などはおりません」とヘイト。

「それは偶人《ゴウラ》もか？」

「ある意味では、ム・ロード」

「では、おまえの秘密多き肉体が引きずる過去とは？　どんなものだ？」

この問いかけを受けて、偶人《ゴウラ》が狼狽《ろうばい》するのが見てとれた。挙措《きょそ》が落ちつかなげになり、両手をぐっと握りしめている。チェイニーもこの問いをけげんに思ったらしく、どうしてこのような探りを入れるのだろうという眼差しをポールに向けてきた。この偶人《ゴウラ》を本来のアイダホとして復旧させるすべが、じつはあるのだろうか――そう思っている目だった。

「かつて偶人《ゴウラ》が自分の過去を思いだした例はあるの？」チェイニーがヘイトにたずねた。

「思いださせる試みは何度もなされました」足元の床に視線を落としたままで、ヘイトは答えた。「しかし、偶人《ゴウラ》が生前の自分を取りもどせた例はありません」

「とはいえ、おまえはそうなることを願っているのだろう？」

そうたずねたポールに、偶人《ゴウラ》の金属の目が向けられた。いつもは感情を欠いているその表面に、突如として熱情がこもったように感じられた。

「そのとおりです！」

おだやかな声になって、ポールはつづけた。

「もし元にもどす方法があるのなら……」

「この肉体は」ヘイトはいいながら、左手を額に持っていった。奇妙に敬礼じみて見えるしぐさだった。「わたしのオリジナルが持って生まれた肉体ではありません。これは……復原体なのです。同じなのは外見だけで。踊面術士《フェイスダンサー》にも同じ役目が務まります」

「同じではないさ。それにおまえは、踊面術士《フェイスダンサー》ではない」

「それはそのとおりですが、ム・ロード」

「どうやって原形から復原された？」

「オリジナルの細胞から採取した遺伝子をベースに復原されました」

「どこかに塑性復原《プラスティック・メモリー》的な機能を持ったなにかがあって、それがダンカン・アイダホの肉体を〝思いだしている〟ということか。古代人はそういう分野の研究をしていたと聞く。〈バトラーの聖戦《ジハード》〉よりも前の話だが。思いだす範囲はどの程度だ、ヘイト？　その復原機能はオリジナルからなにを学んだ？」

偶人《ゴウラ》は肩をすくめた。

チェイニーが口をはさんだ。

「この偶人《ゴウラ》がアイダホではなかったら？」

「アイダホだよ。それはまちがいない」

「断言できる？」

「その者はあらゆる点でダンカンだ。そんなにも高次の次元で過不足なくダンカンの姿を維持させられる——それほど強力な力は想像しにくい」

「ム・ロード！」ヘイトは異論を唱えた。「われわれ偶人《ゴウラ》にまったく想像力がないからといって、現実から除外していいわけではありません。人としてはできないことも、偶人《ゴウラ》としてはなさねばならないことがあります」

チェイニーに視線を向けて、ポールはいった。

「ほら、な？」

チェイニーがうなずいた。

ポールはふたりに背を向け、深い悲しみと戦いながらバルコニーの窓まで歩いていき、掛け布を開いた。たちまち明るい陽光が射しこんできて、室内の薄闇を払った。ローブの飾り帯をぎゅっと締め、背後の音に耳をすます。

なにも聞こえない。

ふりむいた。

　チェイニーが呆然とした顔で立ったまま、偶人《ゴウラ》を見つめていた。

　当のヘイトは、一瞬前の状態から一転して、自分という存在の奥《おく》つ城《き》に退行していた。偶人《ゴウラ》の収まるべき場所に引きこもってしまったらしい。

　ポールがふりかえる音を聞きつけて、チェイニーがこちらに向きなおった。依然として、ポールが偶人《ゴウラ》にもたらした変化に衝撃を受けているようだ。ついいましがた、ほんの一瞬ながら、偶人《ゴウラ》は情熱と活力あふれる〝人間〟になっていたのである。その瞬間の偶人《ゴウラ》は、すこしも脅威を感じさせず――むしろ好感と畏敬の念さえいだかせる人物になっていた。

　ここにいたってようやく、チェイニーはポールがあれこれと問いかけた意図を理解した。偶人《ゴウラ》の肉体に埋もれた〝人間〟を見てほしい――そうポールは願っていたのだ。

「いま片鱗を見せた人物――あれがダンカン・アイダホ？」

「あれがダンカン・アイダホだ。いまもヘイトの中にいる」

「あの〝人物〟なら、イルーランが生きつづけることを許容するかしら」

（どうやら、水はあまり深くまで染みこまなかったらしいな）とポールは思った。

「ぼくがそう命じさえすれば」

「どうにもわからないわね。ふつう、ここは怒るところじゃないの？」

「怒っているとも」

「でも、そうは見えない……怒っているようには見えないわ。むしろ悲しげ」

　ポールは目をつむった。

「ああ。悲しくもある」

「あなたはわたしの夫よ。それはよくわかってるわ。けれど、急にあなたが理解できなくなってしまった……」

　だしぬけに、ポールは自分が長い長い洞窟の中を歩いているような錯覚に陥った。脚は動いている――一歩踏みだし、また一歩――しかし、歩きながらも、思考はどこかよそに飛んでいるような――そんな感じだった。

「ぼくもだよ。自分自身が理解できない」

　ささやき声でそう答え、ふたたび目をあけたときには、チェイニーとのあいだに距離が開いていた。

　背後のどこかから、チェイニーの声がいった。

「愛しいあなた――もう二度とあなたが観たもののことについてはきかないわ。わたしにわかっているのは、ふたりであんなに待ち望んでいた子供を産んであげられることだけ」

　ポールはこくりとうなずいた。それから、

「それは最初からわかっていたんだ」と答えた。

ふりかえり、じっとチェイニーを見つめる。愛妻がずっと遠いところにいってしまったような気がした。

チェイニーが歩みよってきて、腹に手をあて、いった。

「わたし、おなかがへっちゃった。医師たちの話だと、いままでの三、四倍は食べなきゃいけないそうよ。なんだか怖くなってくるわ。あんまり成長が早いんだもの」

（早すぎるんだよ）とポールは思った。（胎児は知っているんだ、急いで成長しなくてはならないことを）

ムアッディブの行動が内包する不敵な性質は、最初から自分の進む道がどこにたどりつくのかを知りながら、一度たりともその道を避けなかった事実に見られよう。それはムアッディブのこのような発言からも明らかだ。

「心して聴け。余があえて試練の時に臨むのは、自分が〈究極の奉仕者〉たることを知らしめんがためにほかならぬ」

ゆえにムアッディブはすべての道を一本に糾《あざな》い、友も敵もひとしなみに自分の崇拝に導く。そのために、そしてそれゆえにこそ、ムアッディブの信徒たちはこのように祈りを捧げる。

「神よ、ムアッディブが〈彼の命の水〉で冠水させし他の道からわれらを救いたまえ」

ここにいう〝他の道〟とは、きわめて強力な反発によってのみ生まれる想像の産物かもしれない。

――『イアーム・アル・ディーン』（『審判の書』）より

メッセンジャーはうら若い娘で、チェイニーにも顔、名前、一族を知られており、そのおかげで帝室衛士隊の検問所をぶじ通過できた。

チェイニーは、バナルジー衛士隊長の問い合わせに応じて身元の確認をしたにすぎない。それを受けて、衛士隊長は娘をムアッディブの御前に通す手続きを行なった。まだ聖戦《ジハード》が開始される前の時代、娘の父親が皇帝の決死コマンド、勇猛をもって鳴るフェダイキンの一員であったと聞かされて、反射的に優遇してしまったのだ。もしも彼がその話を聞いていなかったなら、ムアッディブご本人にのみご報告したいことがある、との娘の訴えには耳も貸さなかっただろう。

もちろん、ポールの私的執務室に通されるに先だって、娘は徹底的に身体検査を受けた。加えてバナルジーは、娘を執務室へ連れていくあいだ、右手をずっとナイフの柄《つか》にかけ、左手でしっかりと娘の腕をつかんでいた。

娘が執務室内に通されたのは正午ちかくのことである。そこは奇妙な部屋――砂漠住みフレメンの仕様とアトレイデス家の貴族仕様が折衷された、不思議な内装の部屋だった。

壁の三面にはフレメンの砂上キャンプ用テント生地を流用したタペストリーがかけてある。生地に繊細なタッチで描かれている意匠は、フレメン神話の登場人物たちだ。残る一面は銀灰色のビュースクリーンで占領され、その手前に円形の執務机が鎮座していた。机上に置いてある装飾品はただひとつしかない。フレメンの砂時計を組みこんだ惑星儀である。イクス製のこの惑星儀には浮遊機構が内蔵されていて、アラキスのふたつの月と太陽とが直列する形——むかしから〈蟲《ワーム》の三つ星〉と呼びならわされてきた状態が再現されている。

執務机のそばに立っていたポールは、入ってきた衛士隊長に目をやった。バナルジーはフレメンではなく、密輸業者を祖先に持つ男だが、にもかかわらず、フレメン警察機構で頭角を現わし、その頭脳とたしかな忠誠心でいまの地位を勝ちとった人物である。全体に固太りで、肌は浅黒く、濡れたような質感の額にいくふさかの黒髪がたれかかったさまは、エキゾチックな鳥の冠毛のようでもある。青の中の青に染まった双眸《そうぼう》が投げかける視線はゆるぎなく、目にする光景が心なごむものであれ残酷なものであれ、顔色を変えることはない。チェイニーからもスティルガーからも高く評価されており、ポールの信頼も厚い。もしもこの場で娘を縊《くび》り殺せと命じられたなら、ためらうことなく実行しただろう。

「陛下、メッセンジャーの娘を連れてまいりました」バナルジーは告げた。「ム・レディ・チェイニーより、来訪のご連絡があったかとぞんじます」

「うむ」ポールは小さくうなずいた。

不思議なことに、娘はポールと目を合わせようとはしていない。机上の惑星儀にじっと視線を注いでいる。肌は浅黒く、背丈は中背だが、体形はローブに隠れていてわからない。上等な葡萄酒色の生地と簡素な仕立ては、当人が裕福な家の娘であることを示していた。ブルーブラックの頭髪はローブと同系色の細いヘアバンドでまとめてある。ローブの下に隠れて見えない両手は、たぶん強く握りしめられているだろう。いかにもそれらしかった。なにもかもがそれらしくしつらえてある。ローブも含めてだ。上等なローブは、皇帝との謁見にそなえ、たいせつにとっておいた一着というていで、それらしさを演出する最後のピースになっていた。

ポールは手ぶりで〝脇にどけ〟とバナルジーに指示した。バナルジーは一瞬ためらったものの、命にしたがった。ここで娘が動きだし——一歩前に進み出た。優美な動きだった。それでもなお、娘は依然としてポールと目を合わせようとはしていない。

ポールは咳ばらいをした。

娘が視線をあげ、白目のない青い目をあらわにした。その目を大きく見開いたことで、やはりしかるべき畏怖を感じているかに見せかけている。かなり小顔で繊細なあごを持ち、小さな口の閉じ方には慎みを感じさせるものがあった。細いあごに向けて大きく傾斜した頬の上では、目が不自然なほどに大きく見える。覇気のない雰囲気からすると、めったにほほえむことはないのだろう。目頭と目尻はかすかにうるみ、黄色い色合いを帯びている。砂塵による炎症でなければ、これは音楽麻薬《セムータ》中毒の徴候だ。

なにもかもがそれらしい。

「余に拝謁を申し出たそうだな」ポールは声をかけた。

いよいよだ。この〝娘の姿をした者〟にとって、究極の検証がなされるときが訪れた。スキュタレーはこの娘の姿、仕種《しぐさ》、性別、声——あらゆる要素を特異な能力で把握し、想定されうるかぎり、このうえなく正確に再現してきた。しかしこの娘は、群居洞《シエチ》時代、ムアッディブと顔見知りだった。当時はまだ子供だったが、娘とムアッディブが共有している経験は多いはずだ。したがって、ある方面の記憶については、慎重に回避する必要がある。これはかつてスキュタレーが試みたなかでも、もっとも精密さを要求される仕事といえた。

「わたくしはベルク・アル・ディーブに住まうオシームの娘、リクナでございます」

ポールの耳にとどいた娘の声は小さかったが、住地、父親の名、自分の名ははっきりと聞きとれた。

ポールはうなずいた。これではチェイニーがだまされるのもむりはない。声の質も含め、なにもかもが正確無比に再現されている。声で人を操るベネ・ゲセリットの修行に加え、啓示のもたらす幻視によって強制的に開かれた道程《タオ》の交錯路がなかったら、ポールとてもこの踊面術士《フェイスダンサー》の変身は見破れなかっただろう。

じっさいには、修行のおかげで、本物との差異がいくつか見えている。この娘、じつは一般に知られている年齢より年上なのだが、その事実は反映されていない。声帯の制御も完璧にすぎる。首と肩の角度にも、フレメン特有の微妙な尊大さが、ほんのわずかながら不足していた。もっとも、評価に値する配慮もいろいろなされている。上等のローブにはつぎがあてられ、生活実態をさりげなく表わす作りになっていたし……顔の造作たるや、まさに本人そのものといっていい。それらはこの踊面術士《フェイスダンサー》が娘の役割を演じるうえでの、共感能力の高さを物語っていた。

「わが家でくつろぐがよい、オシームの娘」ポールはフレメンの儀礼的あいさつで迎えた。「おまえは歓迎される——砂漠の行軍後に供される水のように」

娘の肩の力が、ほんのかすかに抜けるのがわかった。これはこの外見が通用したという確信の表われだ。

「父よりメッセージを託されてまいりました」と娘はいった。

「メッセンジャーの到来は、本人の到来と同義だ」

　スキュタレーはすこし安堵した。よしよし、うまくいっているぞ。しかし、ここからが正念場だ。アトレイデスを特別の道へと誘導しなくては。フレメンの妾妃《しょうひ》を皇帝ひとりが責任を感じる形で失わせなくては。愛妃の喪失を全能なるムアッディブのみの過失という形に持っていかなくては。過失の責めは自分にあると自覚させてこそ、トレイラクス会の代替案を呑ませることができる。スキュタレーはいった。

「わたくしは夜の眠りを妨げる煙」

　これはフェダイキンの符丁で、〝悪い知らせを持ってきた〟の意味だ。

　ポールは落ちついた態度を維持しようと努めた。まるで丸裸にされたような、あらゆる幻視から覆い隠され、ただ手探りするほかない〈時〉の中に魂だけが放りだされたような、そんな感覚が宿っていた。何者かの強力な予知能力がこの踊面術士《フェイスダンサー》の正体を隠そうとしていることはまちがいない。この娘との邂逅《かいこう》については、いままで不透明な〈時〉の端々《はしばし》という形でしか観たことがないからだ。わかっているのは、自分がしてはならないことのみ。この踊面術士《フェイスダンサー》を殺したくても、殺すわけにはいかない。殺せば恐ろしい未来をもっと早く招き寄せてしまう。それだけは万難を排して避ける必要があった。とにかくいまは懸命に暗中模索して、恐ろしいパターンの連鎖を変える手立てを見つけだすことだ。

「メッセージをきこうか」ポールは娘にうながした。

それを受けて、バナルジーが娘の顔を監視できる位置に移動する。

娘はここではじめてバナルジーの存在に気づいた顔になり、衛士隊長が手をかけているナイフの柄《つか》に目をとめ、バナルジーの顔を正面から見つめた。

「無垢なる者は、邪悪な存在を信じたりいたしません」

（なるほど、うまい対応だ）とポールは思った。

これはいかにも本物のリクナがいいそうなせりふだ。つかのま、オシームの本物の娘を――砂漠で死体となって発見されたあの娘を――悼《いた》む気持ちがこみあげてきた。しかし、そんな感傷にとらわれているひまはない。渋面を作る。

バナルジーは娘に油断のない視線を注いでいる。

「陛下のお耳にだけお入れするよう申しつかってきております」娘がいった。

「なぜだ？」バナルジーの鋭い声が飛んだ。目は娘の表情を探っている。

「父からそのようにせよと」

「そこに控えているのはわが友だ」ポールは娘にいった。「余はフレメンではないのか？フレメンであるなら、わが友には余の聞くすべてを耳にする資格がある」

娘の姿をしたスキュタレーは、動揺を見せまいと努めた。それはほんとうにフレメンの慣習なのか？　それとも自分を試すためのひっかけか？

「いかなる決まりも、皇帝陛下のお心のままに」ひとまず、無難な答えを返した。「では、メッセージをお伝え申しあげます。父は陛下のご来臨を切に願っております。そのさいは、チェイニーさまもお連れいただきたいとのことでございました」

「なんのためにチェイニーを連れていかねばならん？」

「チェイニーさまは陛下のご愛妃であられるのみならず、巫女《サイヤディナー》さまでもあられます。これはわれらが部族の掟に基づく〈水〉の問題ゆえ、チェイニーさまにはぜひとも、父がフレメンの流儀に拠《よ》ってお話し申しあげることをご検証いただきたくぞんじます」

（どうやらほんとうに、フレメンにも陰謀の加担者がいるようだな）とポールは思った。

この瞬間は、確実に訪れる未来への道程に一致する。そして、この道程のほかに自分がたどれる道はない。

「父君の話というのは、なにについてだ？」ポールはたずねた。

「陛下に対する陰謀の――フレメンのあいだで進行している陰謀のことでございます」

「なぜそれをオシームが自分で伝えにこない？」バナルジーが語気鋭く問うた。

娘はポールに目を向けたまま、

「父はここへはこられません。陰謀者たちに疑われているからでございます。みずからが出向こうといたさば、生きてたどりつくことはかないませんでしょう」

「陰謀の件、おまえに伏せておくことはできなかったのか？」この問いもバナルジーだ。

「よくも娘にこれほど危険な役目を託せたものだ」

「詳細は神経刻印機《ディストランス》にて媒介生物の神経に秘匿刻印されており、ムアッディブさま以外の方には復号できない仕組みになっております」

「であれば、なぜ媒介生物を連れてこなかった」ポールはたずねた。

「媒介生物が人間でございますゆえ」

「そうか。では、ゆこう」ポールは答えた。「ただし、余ひとりでだ」

「チェイニーさまにもご同行いただかねばなりません！」

「チェイニーは妊娠している」

「フレメンの女たるもの、妊娠くらいでは……」

「わが敵たちがチェイニーに潜行性の毒を盛った。ゆえに出産は困難なものになるだろう。母体の安全を考えれば、同行させるわけにはいかない」

スキュタレーが自制するより早く、奇妙な感情が娘としての顔をよぎった。いらだちと怒りだ。そこでスキュタレーは、トレイラクス会の流儀を自分に思いださせた。いかなる獲物にも、かならず逃げ道を用意してやらねばならない――それがムアッディブのような立場の者だとしても。しかし、陰謀はまだ露見してはいない。このアトレイデスはいまも網にかかった状態にある。この獲物は自己の本質を特定の形で示すべく生を送ってきた。そんな存在は、対極の形をとるくらいなら死を選ぶ。トレイラクス会の〈クウィサッツ・ハデラック〉もそのようにして死んだではないか。この者もまた同じ道をたどるだろう。最後の決め手は……あの偶人《ゴウラ》だ。

「チェイニーさまのご判断を仰ぎたくぞんじます」スキュタレーはあきらめなかった。

「判断はすでに余が下した」ポールは答えた。「チェイニーは同行させぬ。チェイニーがいなくとも、おまえがいれば父君は安心するだろう」

「儀式には巫女《サイヤディナー》さまにお立ち会いいただかなくては！」

「おまえはチェイニーの友人ではないのか？」

（はめられた！）スキュタレーは心中、冷や汗をかいた。（疑いを持たれたか？　いや、それはない。こいつはフレメン流に用心深いだけだ。それに、避妊薬の件は事実だしな。まあいい――ほかにも手はある）

「父からは、わたくしは戻ってはならぬと命じられております」スキュタレーはいった。「陛下のもとで匿《かくま》っていただくよう言いつかってまいりました。わたくしを危険にさらすようなまねはなさるまい――それが父のことばでございます」

ポールはうなずいた。これもまた、じつにそれらしい。こういわれては、娘を庇護下に置かないわけにいかない道理だ——父親の指示は絶対という、フレメン特有の服従ぶりを見せられたのだから。

「では、スティルガーの妻、ハラーを同行させよう。あれも父君の顔見知りだ。おまえは父君宅への道順を教えてくれさえすればいい」

「スティルガーさまの細君を、どうして信用なさるのでございましょう」

「信用できることがわかっているからだ」

「わたくしにはわかっておりません」

ポールは唇をすぼめた。それから、

「母君は息災か？」

「生母はシャイー＝フルードのもとへ参りました。継母は存命で父の世話をしております。なぜそのようなことを？」

「継母どのはタブールの群居洞《シエチ》出身だったな？」

「さようでございます」

「継母どののことは憶えている。彼女ならチェイニーの代わりが務まるだろう」ポールはここでバナルジーに合図した。「しかるべき者たちに指示を出せ。オシームの娘リクナをそれなりの区画へ案内せよとな」

バナルジーはうなずいた。しかるべき者たち――それはつまり、このメッセンジャーの娘を特別な監視下に置けということだ。バナルジーは娘の腕をとった。娘は抵抗した。

「父のもとへは、どのようにしていかれるおつもりです?」

「道順をバナルジーに教えておけ。バナルジーはわが友だ」

「それはできません! 父から厳重に命じられております! 陛下以外の方に、けっしてお教えしてはならぬと!」

「バナルジー?」

ポールに声をかけられ、バナルジーは動きをとめた。現在の厚い信頼を勝ちとる一因となった該博な知識を動員して、解決策を探ろうとしているのだ。ほどなく、バナルジーはこう答えた。

「ひとり、陛下をオシームの家までご案内できそうな者に心当たりがあります」

「では、余ひとりでいこう」

「陛下、それはなにとぞ……」リクナが食いさがった。

「オシームがそう望んでいるのだろう?」

ポールは皮肉を隠そうともせずに答えた。もうこの会話にはうんざりだ。

「陛下、いくらなんでも危険すぎます」バナルジーも反対した。

「皇帝といえども、多少の危険は冒さねばならぬ。もう決めたことだ。いわれたとおりにせよ」

しぶしぶながら、バナルジーは踊面術士《フェイスダンサー》を執務室の外へ連れだしていった。

ポールは執務机後方の壁を占領する、なにも映っていないスクリーンに向きなおった。付近にそびえる岩場の高みからいつ岩が落下してくるかわからない——そんな心境だった。バナルジーにメッセンジャーの正体を教えておくべきだろうか。いや、だめだ。今回のようなできごとは、幻視のスクリーンに映されたことがない。すこしでもいまの道程から逸脱すれば、暴力沙汰を招く。なんとかして梃子になる瞬間を見いださなくては。幻視に束縛されず、自分の意志で動ける場所を見つけなくては。

(もしもそんな瞬間が存在するならばだが……)

人類文明がどれほど奇妙なものになろうとも、暮らしと社会がどれほど発展し、機械／人間インターフェイスがどれほど複雑に発達しようとも、孤立した権力にはかならず幕間《まくあい》が訪れる。そのとき人類の行く末、人類の未来そのものは、個人個人の比較的素朴な行動に左右される。

——トレイラクス会の神典

〈大天守〉と聖職省《クィザーリット》の庁舎を結ぶ高架式歩道橋を渡っていくさい、ポールはあえて片足を引きずるようにして歩いた。日没も間近なことに加え、〈大天守〉が落とす長い影の中を歩いているため、はたからはまず皇帝とはわからないだろうが、鋭い目の持ち主が見れば、歩き方のくせなどから正体を見破られる恐れがある。いちおう、防御シールド・ベルトを装着してきてはいたが、作動させてはいない。シールドのきらめきは疑いを招きます、と側近たちが憂慮したからである。

左を眺めやった。横にたなびく砂塵雲が何条も夕陽にかかり、あたかも羽根板の隙間を開いた鎧戸ごしに日輪を見ているかのようだ。保水スーツのフィルターを通した空気は、フレメンの砂上《ヒエレグ》キャンプで吸う空気のように乾ききっている。

厳密にいえば、護衛もなしに単身でここを歩いているわけではない。だが、皇帝の護衛体制をこれほどゆるくしたのは、ひとりで夜の街路を散策していたころ以来、はじめてだ。はるか頭上には、暗視スキャナーを装備した何機もの羽ばたき飛行機《オーニソプター》が、一見ランダムに見えるパターンを描いて飛行しており、その全機がポールの衣服に組みこまれた送信機の反応を追っている。地上の街路には近衛兵の精鋭たちが雑踏にまぎれ、皇帝の扮装を知る警衛の者たちが帝都全体に展開してもいる。その皇帝の扮装はといえば、保水スーツからテマーグ式砂漠ブーツにいたるまで、すべてフレメンの衣装のみでそろえてあり、しかも黒っぽい色で統一してあった。頬は複合樹脂《プラスティーン》を口に含んで膨らませてあるうえ、鼻孔から左あごにかけては鼻孔《ノーズ》チューブを走らせている。

高架橋を渡りきるまぎわに、後方をふりかえった。帝室の私用区画にあるバルコニーは石造格子で隠されているが、その陰に動きが見えた。チェイニーだ。まちがいない。このちょっとした冒険行を、チェイニーは〝砂漠で砂を狩るようなまね〟と呼んでいたが……。

これが苦渋の選択であることを、チェイニーはすこしも理解していない。どれもこれもつらい選択肢のなか、なるべくつらくない道程を選んだからといって、耐えがたい心労が軽くなるわけではないのだが。

視界がぼやけて感情を苛《さいな》まれる一瞬、ポールはつらい別れを追体験した。別れる直前に、チェイニーも瞬間的な同心《タウ》で夫の感情を共有はしたものの、理解の仕方をまちがえていた。ポールの感情を、〝未知の危険へ乗りこむ者が、愛する者と別れるさいにいだく感情〟と解釈したのである。

(それが〝未知〟の危険であればまだしも……)

歩道橋を渡りおえ、聖職省《クィザーリット》の庁舎を貫通する上層階の通路に入った。ここでは発光球が固定されており、その明かりのもと、職員たちが忙しげに行き来している。聖職省《クィザーリット》が眠ることはない。気がつくと、各々のドアの上にかかる課名表示を目で追っていた。なんだかはじめて目にするような気がした。〈即応課〉。〈導風結露・蒸留課〉。〈予言展望課〉。〈信仰審問課〉。〈宗教需品課〉。〈兵器課〉……〈信仰拡大課〉……。

(〝信仰拡大〟よりも〝官僚機構拡大〟のほうが適切な表示だろうに)

ポールの統《す》べる宇宙には、いつしか新しいタイプの宗教官僚が台頭していた。聖職省《クィザーリット》の新顔であるこの種の官僚は改宗者であることが多い。重要なポストこそフレメンに取って代わることはないが、すでにあらゆる部署に浸透しつつある。メランジを摂取するのは、抗老化作用の恩恵を享受するほど裕福なことを示すためだ。この新顔たちは、支配層とは――皇帝、ギルド、ベネ・ゲセリット、領主会議《ラーンスロード》、大小領家《りょうけ》、聖職省幹部《クィザーリット》とは――明確に立場を異にする。仕える神は業務と記録、駆使するのは演算能力者《メンタート》と大規模ファイリング・システム。〝公教要理〟での金科玉条は功利主義で、〈バトラーの聖戦《ジハード》〉で確立された指針を表面的には尊重し、人間の精神を雛型とする機械など造ってはならないと口先ではいうものの、ことあるごとに馬脚を露わす。つねに人間よりも機械を、個人よりも統計の数値を、〝想像力と独創性を必要とされる個人との密接な接触〟よりも〝対象から距離をとった概観〟を優先するからだ。

　通路を通りぬけ、庁舎から下の路面へ降りる傾斜路に出たとき、〈アリアの大聖堂〉でもうじき夕べの典礼が始まることを告げる鐘の音《ね》が鳴りだした。

　この鐘の音には、奇妙に悠久の時を感じさせるものがあった。

　行く手には、参拝者でごったがえす広場の向こうに、巨大な聖堂がそそりたっている。〈大聖堂〉は真新しく、最近になって考案されたいろいろな儀式も行なわれるところだが、アラキーンのはずれに広がる砂漠の陥没地という立地には、ある要素が象徴されていた。同じ要素は、風沙《ふうさ》によって進みはじめた石材と複合樹脂《プラスティーン》材の風蝕ぐあいや、〈大聖堂〉の周辺に無秩序に建つ建物の配置によっても象徴されている。なにもかもが、〈大聖堂〉は伝統と神秘に満ちたきわめて古い場所だという印象を与えるように仕組まれているのだ。

ややあって、ポールは路面の雑踏に加わった。巻きこまれたのではない。自主的に分け入ったのだ。というのも、近衛隊に発見できた唯一の案内人が、この経路以外はだめだといいはったからである。ポールは即座に受け入れたが、近衛隊はいい顔をしなかったし、スティルガーは渋い顔をした。チェイニーにいたっては真っ向から大反対したほどだった。

人込みの中には、からだをかすめるようにしてすれちがい、そのさい気づかれぬように、ちらりと見ていく者もいた。しかし、ほとんどの者は反射的に距離をとってくれたので、ポールは不思議なほど自由に動くことができた。フレメンを見たらこうした反応をするにしくはない――だれもがそう条件づけられているらしい。じっさいポールは、気性が荒いことで悪名高い奥砂漠系フレメンのようにふるまっていたことでもある。

〈大聖堂〉の石段につづく人の流れは一段と進みが速くなり、その流れに乗ってからは、人々の押しあいぶりがずっとひどくなった。これではまわりの者も空間をあけようがなく、ポールもしきりにからだを押しつけられるはめになったが、そんなとき、相手はかならず、儀礼的な詫びを口にした。

「失礼、高貴な方。この込みようでは不作法を避けようもなくて」

「悪いね、だんな。こんなひどい押しあいへしあいははじめてだ」

「お詫び申しあげる、聖なる市民よ。田舎者に押されてしまって」

ポールは最初の何人かに返事をしたが、以後は放っておくことにした。みんな、とくに悪いと思っているふうでもない。宗教的な恐怖から詫びているだけだ。かわってポールがいだいたのは、カラダン城で過ごした少年時代からずいぶんと遠くまできてしまったな、という感慨だった。カラダンから遠く離れた惑星の、人でごったがえす広場を横断する旅——その旅にいたる道程の第一歩を、自分はいつ踏みだしたのだろう。そもそも、それはほんとうに自分の意志で踏みだした一歩だったのか？　人生のいかなる時点でも、自分が特定の理由でなにかを行なったことはいちどもない。動因と誘因による圧力は複雑だった。たぶん、人類史上のどんな圧力の組みあわせよりも複雑だっただろう。ここにいたっても、この道程の先にはっきりと見える運命をなんとか避けられないかと切実な思いに駆られている。だが、そう思うそばから、参拝者たちに押されて前へ前へと流されていき、自分は道を見失った、人生における方向を見失ったという思いに苛まれ、鬱々たる気分に陥った。

ほどなく、人込みに押されて、〈大聖堂〉の屋根つき柱廊玄関《ポルティコ》へあがる石段に足をかけた。周囲の話し声はもう聞こえない。畏怖のにおい、刺激臭と汗のにおいが強くなっていく。〈大聖堂〉の中では、すでにもう侍祭たちがお勤めをはじめていた。淡々とした詠誦は、他の音を——ささやき声、衣ずれの音、すり足で歩く音、しわぶきなどを——呑みこんで、〈司祭女〉が聖なる法悦境で訪れた〈遥けき地〉の物語を語っている。

彼女が駆るは宇宙砂蟲《サンドワーム》！
あまたの嵐を乗り越えて
導く先に、清風の地待つ。
蛇の巣の横で眠る我らの
夢見る魂魄《こんぱく》、護るは彼女。
砂漠の熱暑も彼女は退け、
我らを涼しき岩屋に匿う。
彼女の皓歯《こうし》はきらめきて、
闇夜の中でも我らを導く。
編んだる彼女の髪に乗り、
我らは昇る、いざ天国へ！
馨《かぐわ》しき香り、花の香気が、
彼女の御前《みまえ》で我らを包む。

（バラク！）ポールはフレメンのことばで毒づいた。（用心することだ《バラク》。アリアは激情に駆られることもあるからな）

〈大聖堂〉の柱廊玄関には、細長い発光管が大量にならんでいた。蠟燭《ろうそく》の形を模した管は、光り方も蠟燭の炎をまねて、ちらちらと揺らぐ光を投げかけている。そのちらつきから、ポールは心の中に古代の記憶めいたものが頭をもたげるのをおぼえた。そもそもこれは、そういった気持ちをいだかせる目的で設けられたものだ。古代の雰囲気をもたらすべく、巧妙に用意された効果的な仕掛け、それがこの発光管にほかならない。この設置に自分も関与したことが悔やまれてならなかった。

〈大聖堂〉の入口には背の高い両開きの金属扉がそそりたち、大きくあけはなたれていた。ポールは参拝者の流れに乗って入口を通り、〈大聖堂〉の内部へと入っていった。広大な身廊は薄暗く、はるか上の天井にはちらつく発光管が点々と連なっている。突きあたりにあるのは煌々と照明された祭壇だ。祭壇の背後には、フレメン神話の砂模様を削りだした黒木《こくぼく》の板があった。一見、なんの変哲もない板のようだが、これは緊急脱出用の用心扉で、五重シールドがかけてあり、身廊にいては見えない場所から照明をあてることで、虹色のオーロラを現出させていた。このオーロラのカーテンの下に侍祭たちが七つの列を作ってずらりと並び、詠誦を行なっている。黒いローブに白い顔、一糸乱れず整然と同じ動きをする侍祭たちの光景は、見ていてひどく気味が悪い。

周囲の巡礼や参拝者たちを観察するうちに、ポールはふと、そのひたむきさ、自分には聞こえない真理に耳をかたむける態度にうらやましさをおぼえた。巡礼たちはこの場にて、ポールにはけっして得られぬもの——神秘的な癒しを得るのだ。

祭壇にすこしでも近づくため、人波をぬって進もうとしていたところ、いきなり片腕をつかまれた。すばやくふりむくと、ひとりの老いたフレメンが探るような視線でこちらを見つめていた。垂れた眉の下に覗く目、青の中の青に染まる目は、ポールを認識しているふしがある。ひとつの名が心に閃いた。この男はラシール——群居洞《シエチ》時代の仲間だ。

この人込みのなかで暴力をふるわれては抵抗しがたい。

老フレメンがいっそう近づいてきた。片手は風沙で傷んだローブの下につっこんでいる——結晶質《クリス》ナイフの柄《つか》を握っていることはまちがいない。ポールはできうるかぎり攻撃に対応しやすい体勢をとった。そのとたん、老フレメンがポールの耳元に口を近づけてきて、こうささやいた。

「われらはほかの者たちと往《い》く」

これは案内人であることを示す符丁だ。ポールはうなずいた。

ラシールはわずかに身を引き、祭壇に向きなおった。

「彼女は東方から訪れた」侍祭たちの詠誦はつづく。「昇る朝陽を背に受けて。あらゆるものが旭日《きょくじつ》のもと。まばゆい光に浮かびあがる——光の下でも、闇の中でも。彼女の眼《まなこ》は見逃さぬ、なにひとつとて見逃さぬ」

そこで噎《むせ》び泣くような十弦楽器《ラバーブ》の音が響きわたり、それとともに詠誦はやんだ。楽器の音は小さくなっていき、やがて静寂が訪れた。それを機に、まるで通電されたかのごとく、参拝者が一気に数メートルほど前へ進んだ。人込みはいっそう密になり、ひとかたまりに合体した肉体も同然と化し、空気には吐息と香料《スパイス》のにおいが濃厚に充満した。

侍祭たちが叫んだ。

「シャイー＝フルードは書き記す、清らな砂に聖なる文字を！」

周囲の者たちがいっせいに息を呑んだのはそのときだった。それはポールも変わらない。きらめく用心扉フィールドの陰から、女性聖歌隊のかすかな歌声が流れだしたのである。

「アリア……アリア……アリア……」

歌声はしだいに大きくなっていき——いきなり途絶えた。

ここでふたたび、侍祭たちが静かな声で晩課の詠誦をはじめた。

彼女はすべての嵐を鎮《しず》む――
双眸《まなこ》で我らの敵《かたき》を死なせ、
異教徒どもに苦痛を与う。
トゥオノの山の尖峰高く
曙光の兆す高みにありて
清らな水の流るる場所に、
浮かぶ彼女のシルエット。
目映《まばゆ》き真夏の熱暑の下《もと》で
彼女は我らにパンを賜《た》び、
冷やした香料乳《スパイスミルク》をば給う。
双眸《まなこ》で我らの敵《かたき》を融かし、
迫害者共に苦痛を抱かせ、
神秘をすべて解き明かす
彼女の御名《みな》はアリア……アリア……アリア……

徐々に徐々に、詠誦の残響は消えていった。

ポールは吐き気をもよおし、自問した。

(われわれはなにをやってるんだ?)かつてのアリアは子供の魔女だったが、いまはもう成長し、思春期に入っている。(成長するということは、いっそう邪悪になるということなのか?)

〈大聖堂〉内に充満する集合的精神のオーラが精神を蝕《むしば》む。その集合的精神には、自分の精神も加わっていることを感じたが、まわりの者全員のそれは著しく異質で、強い反発をおぼえずにはいられない。ポールは集合的精神の渦中にはまりこみ、けっして贖《あがな》うことのできない個人的な罪業に意識を苛まれ、ひとり孤独に立ちつくした。意識にあふれるのは〈大聖堂〉の外に広がる宇宙の広大さだ。たったひとりの人間、たったひとつの儀式が、どうすればこんなにも広大な宇宙をひとつに編みあげ、すべての人間に合う衣服に仕立てられるというのか。何人《なんぴと》にもそんなことなどできはしない。

身ぶるいが起きた。

宇宙はことあるごとに、彼の行く手に立ちはだかる。つかもうとしても手をすりぬけて、数かぎりない扮装でだまそうとする。この宇宙はポールの与えるいかなる形も受け入れることがない。

深遠な静寂が〈大聖堂〉を押しつつんだ。

ついで、きらめく虹の奥の暗闇からひとりの女が登場した。アリアだった。身につけた黄色のローブにはアトレイデス家の色である緑の縁どりが施してある。黄色が表わすのは陽の光、緑が表わすのは生命を生みだす死だ。ここで突拍子もない考えが浮かんできて、ポールは愕然とした。アリアがポールのために——ただひとりポールのために姿を見せてくれたような気がしたのである。身廊にひしめく参拝者ごしに、しげしげと妹を見つめる。あれはまぎれもなく自分の妹だ。アリアの儀式とそのルーツは知っているが、巡礼たちとこの場に立ち、巡礼の目線で妹を見るのは、こんどがはじめてだった。この〈大聖堂〉で神秘を見せつけることで、妹は宇宙の一部となる——ポールの眼前に立ちはだかる宇宙の一部になる——そんな印象さえ受けた。

侍祭たちがアリアに黄金の聖杯を差しだす。

アリアが聖杯を受けとり、胸元にかかげる。

意識の一部ではポールも認識していた——あの聖杯に満たされているものが生《き》のままの香料《メランジ》——神秘的な毒であり、これからアリアが行なおうとしているのが啓示の秘蹟であることを。

聖杯に視線を注いだまま、アリアは語りだした。耳に心地よく、花のように華やかで、楽《がく》の音《ね》のように響く声だった。

「原初、われらは空疎であった」

「万事にわたって無知であった」女性聖歌隊が詠誦した。

「われらは知らずにいた、永続する力を、あらゆる場所が持つ力を」アリアがつづけた。

「あらゆる〈時〉が持つ力を」聖歌隊が歌う。

「ここに力あり」アリアが聖杯をわずかに持ちあげる。

「そはわれらに歓喜をもたらす」

(そして悲嘆もな)とポールは思った。

「そは魂を目覚めさす」アリアが主導する。

「そはあらゆる疑念を打ち払う」聖歌隊が歌う。

「諸世界にて、われらは死する」

「力のもとで、われらは生きる」

ここでアリアが聖杯を口元に持っていき、中身を飲んだ。

われながら驚いたことに、ポールもまた、この場に集《つど》う参拝者のなかでもっとも卑しい巡礼と同じく、固唾《かたず》を呑んで見まもっていた。アリアがいま行なってみせた秘蹟のことは、身をもってあますところなく知っている。それなのに、場内に蔓延《まんえん》する異様な同心の網《タウ》に搦《から》めとられてしまうとは……。あの強烈な毒物が体内を駆けめぐったときの衝撃が鮮明に思いだされた。時が静止した一瞬、意識が塵《ちり》となって毒を変質させた一瞬——あのときの記憶がよみがえってくる。ここに万事が可能となる時間超越意識への覚醒は再体験された。アリアがいま経験していることは、頭ではわかっている。だが、こうして見ているかぎり、なにが起きているのかまったくわからない。神秘性が目隠しをしているからだ。

アリアがわななき、がっくりとひざをついた。

陶然と見入る巡礼たちとともに、ポールは吐息をついた。頭をふると、それまで目隠ししていたヴェールの一部がはがれだした。すっかり幻視のとりことなり、いつしか忘れてしまっていたが、個々の幻視で観えるのは、幻視に現われる人物がいまだ遭遇していない事象——今後に遭遇する事象のみにかぎられる。幻視の中で、人は現実と取るにたらない椿事《ちんじ》の区別がつかぬまま、暗闇を通過することがある。どうあっても実現するはずのない事象に拘泥することもある。

そして、拘泥が過ぎれば現実を見失う。

アリアが香料《スパイス》変質の歓喜に身を揺らした。

同時にポールは、なんらかの超越的存在が自分にこう語りかけてくるのを感じた。

〝見よ！　あれを見よ！　汝が無視してきたものをしかと見よ！〟

その瞬間、自分が他者の目でものを見ているような——どんな芸術家にも詩人にも再現できない、この場特有のイメージとリズムを目《ま》のあたりにしているような、そんな感覚をいだいた。活力に満ちた光、美しくまばゆい光輝が、貪欲に力を求めるすべての心を浮き彫りにしていく……ポール自身の心も含めて。

アリアが口を開いた。増幅されたその声は身廊じゅうに響きわたった。

「輝かしき夜──」

ひしめく巡礼たちの海を、おおおっ、というどよめきが波濤《はとう》のごとくに走りぬけた。

アリアはつづけた。

「そのような夜のもとでは、なにも隠すことはできぬ！　この夜闇を照らすのはいかなる稀少な光か？　その光を目で見ることはできぬ！　五感でその光をとらえることはできぬ。いかなる形でもこの光は形容しえぬのだ」

ここで、ぐっと声を落として、

「それでも、昏《くら》き淵は残る。生まれいずるべきすべてを孕《はら》む深淵が。ああ、それはなんと嫋《たお》やかな暴力であることか！」

気がつくとポールは、妹から自分に向けて、ひそかに私的な合図を送られてくる瞬間を待っていた。その合図とは行動かもしれないし、ことばかもしれない。あるいは、なにか魔法じみて神秘的な過程──宇宙的な弓につがえた矢のように、ポールを外界へと射放つ流れのようなものかもしれない。その瞬間はポールの意識の中で、顫動《せんどう》する水銀のように、いまにも訪れるのを待っている。

「いずれ悲しきできごとが出来《しゅったい》するであろう」アリアは抑揚をつけて宣言した。「ここに告げん、万事は始まりにすぎぬ、いつまでも始まりにすぎぬと。諸世界は征服されるのを待っている。わが声が届く範囲にいる者のうち、一部は高貴な運命を迎えるはずである。汝らはわれがいま語ることばを忘れ、過去を嗤《わら》うであろう。それでもここにわがことばを伝えん――あらゆる差異の中にこそ統一はある」

それを最後に、アリアは託宣を締めくくり、祈るようにしてこうべをたれた。ポールは失望の声をあげそうになった。告げてほしかったことばをアリアが口にしなかったからだ。全身、砂漠の昆虫が脱皮した抜け殻、干からびはてた抜け殻になったような感じだった。

ほかの者も似たような思いをいだいているらしい。まわりに釈然としていない雰囲気が感じられる。そのとき、身廊に詰めかけた参拝者のうち、ポールのずっと左側にいる女がいきなり叫び声をあげた。ことばにならない苦悶の叫びだった。

アリアが頭をあげた。そのとたん、ポールは彼我の距離が瞬時に縮まったような、すぐ目の前で妹のうつろな目をまっすぐに覗きこんでいるような、めくるめく感覚をおぼえた。

「声をあげたのはだれか」アリアが問いかけた。

「あたしです」同じ女が叫んだ。「あたしです、アリアさま。ああ、アリアさま、お助けくださいまし。息子がムリタン戦役で戦死したとの報がとどきました。息子はほんとうに命を落としてしまったのでしょうか？　息子にはもう二度と会えないのでしょうか？……もう二度と？」

「そなたは砂の上をうしろ向きに歩いている」アリアは抑揚をつけて答えた。「喪《うしな》われるものはなにもない。なにもかもがのちに戻ってくる。ただし、戻ってくるものの変化した姿は認識できぬやもしれぬが」

「アリアさま、おっしゃる意味が……」女は嗚咽《おえつ》混じりに答えた。

「そなたは空気の中に生きるが、空気を見ることはない」アリアの口調には鋭さが宿っていた。「そなたはトカゲか？　そなたのことばにはフレメンのなまりがある。フレメンが死者を蘇らせようとするか？　水を回収すること以外に、われわれが死者に求めるものがあるか？」

身廊の中央付近で、上等な赤いマントをまとった男が両手をかかげた。マントの下の、白い袖があらわになった。

「アリアさま」男は呼ばわった。「わたくしはビジネス上の申し出を受けました。受けるべきでございましょうか？」

「そなたは物乞いのごとくにここへきた」アリアは答えた。「そなたが求めるは黄金の鉢。なれど得らるるは短剣の刃《やいば》だけであろう」

「おれは人を殺すように依頼された！」右手のほうで声が叫んだ。群居洞《シエチ》なまりのある、深く響く声だった。「依頼を受けるべきだろうか。受けたとして、うまくいくだろうか」

「始まりと終わりは一体にして同じもの」アリアは険しい声で応じた。「それは最前にもいわなかったか？　そなたはその問いを発しにここへきたのではない。みずから信じてはおらぬがゆえにここを訪れ、思いとは反対のことを叫んだのではないか？」

「今夜はずいぶんごきげんななめだねえ」そばに立っている女がつぶやき、ポールに話しかけてきた。「あんなにとげとげしいアリアさまって、見たことあるかい？」

（アリアは兄がここにいることを知っている）とポールは思った。（啓示でなにかを見て、それできげんが悪いのか？　兄の闖入《ちんにゅう》を怒っているのか？）

「アリアさま」ポールのすぐ前にいる男が呼びかけた。「この場に集《つど》う商売人と臆病者に教えてやってくだされ、兄君の統治があとどれくらいつづくのかを！」

「このわたしが許す、みずからの目で角の向こうを覗くがよい」アリアは語気を荒らげた。

「そなたのことばは偏見にあふれている！　そなたが屋根も水も得られたのは、わが兄が混沌の蟲《ワーム》を乗りこなしたからであるぞ！」

言いはなつや、アリアはローブの裾をたくしあげ、憤然と身を翻し、きらめく何条もの光のリボンをつっきって奥の闇に消えた。

すぐさま、侍祭たちが詠誦に取りかかったが、リズムには乱れが見られた。予想もせぬ形で儀式を打ち切られ、動揺しているのはまちがいない。身廊のいたるところで、口々にとまどいの声があがりだした。周囲の者もざわついている。みな落ちつきがなく、納得がいかないようすだった。

「あのトンチキ、商売がどうのこうの、馬鹿なことをほざくからだよ」ポールのそばで、さっきとは別の女がつぶやいた。「あの偽善者野郎！」

アリアはなにを観《み》たのだろう？　未来にいたるどんな道程をたどったのだろう？

今夜ここで、なにかが起こった。託宣の儀式をだいなしにしてしまうなにかが起こった。参拝者たちはふだん、アリアの託宣を受けようと躍起になり、浅ましい質問を投げかける。あの連中はまさしく、託宣の物乞いをしにきているのだ。ポール自身、祭壇の陰の暗闇で、これまでに何度も託宣の儀式におけるやりとりを耳にしてきた。では、今夜はいったい、なにがちがったのか？

例の老フレメンが袖を引き、出口のほうへあごをしゃくった。群衆はすでに屋外へ動きだしている。ポールはその圧力に押されるがままに、案内人に袖を引かれて歩きだした。

自分の肉体が、自分の力では制御できない、なんらかの力の顕現であるように感じられた。まるで生命なき存在——意志もなしに勝手に動く人形と化したかのようだ。その生命なき存在の核に身を潜めたまま、案内人に導かれ、〈大聖堂〉の外へ出ていき、帝都の街路をつぎつぎに通りぬけ、これまでに観た数々の幻視、そのたびに悲嘆で心臓を凍りつかせたいくつもの幻視において、何度となく通ったことのある道をたどりつづけた。

（おれはアリアが観たものを知っているはずだ）とポールは思った。（自分自身、何度となくそれを観ているのだから。今夜のアリアは、その道をゆくなと叫びはしなかった……ということは、アリアもまた、この道をたどらなかった場合に訪れる未来を観て、結果を知っていることになる）

わが帝国においては、生産高の増加と収益の増加――この両者の均衡を崩さぬようにせねばならぬ。わが勅令の骨子はそこにある。異なる勢力圏同士に星際収支上の障害があってはならない。なんとなれば、たんに余がそう命じるからである。余としては、経済面におけるわが権威を高めたい。経済活動の分野では余こそ至高のエネルギーを有するプレイヤーであり、たとえ死んでもそうでありつづける。わが統治は経済の支配にほかならぬ。

――枢密院勅令

ポール・ムアッディブ帝、発令

「おれはここで消える」老フレメンはそういって、ポールの袖から手を放した。「そこの小路《こうじ》を入って右側の、突きあたりから二番めのドアだ。汝がシャイー＝フルードとともにあらんことを、ムアッディブ……そしてな、ウスールであったころのことを思いだせ」

そう言い残して、案内人は闇の奥に消えた。

付近には警衛の近衛たちが待機しているから、ただちにあの男をとらえ、訊問場所まで連れていくはずだ。それはわかっている。それでもポールは、気がつくと、老フレメンがぶじ逃げのびてくれればいいがと願っていた。

頭上には星がまたたいている。〈防嵐壁《ぼうらんへき》〉の上縁《じょうえん》がほのかに明るいのは、あの向こうのどこかに第一の月が出ているからだ。星は見えていても、ここは開けた砂漠ではないから、進路の目安にすることはできない。老フレメンに連れてこられたのは、新たに開発された郊外地区のひとつだった。そこまではポールにもわかる。

指示された小路には、侵蝕する砂丘からの砂塵が厚く積もっていた。近くにある光源は、小路のずっと奥でぽつんとひとつだけ灯った、吊り発光球の街灯だけだ。そこが袋小路であることは、その街灯が投げかける光でわかった。

あたりには排水再生槽の発する悪臭が濃厚にただよっている。ふたがきちんと閉まっておらず、臭気が外に漏れだしているためだろう。その臭気といっしょに、慄然とするほど大量の水分も夜気に漏出しているはずだ。自分が統治する臣民たちは、いったいいつから水に対してこうも無頓着になってしまったのか。いまではだれもかれもが水の金満家だ。

アラキスの住民は、人体の水分のたった八分の一を取りあって殺される例もあった時代を忘れてしまっている。

(なにをためらう? 突きあたりから二番めのドアだ。教えられるまでもなく知っている。だが、以後の行動はきわめて厳密に行なわねばならない。だから……ためらうんだ)

だしぬけに、ポールの左手角にある家から口論が聞こえてきた。女がだれかに怒鳴る声。建て増ししたところから砂が侵入してくると文句をいっている。あんたねえ、水が空から降ってくるとでも思ってんの? 砂が入ってくるなら水分も漏れてるってことでしょうが。

(憶えている者もいるんだな) とポールは思った。

やおら、袋小路の奥へ歩きだす。口論の声がうしろへ遠ざかっていく。

(水が空から降ってくる、か!)

フレメンのなかにも、空から水が降るという他世界の驚異を目《ま》のあたりにした者はいる。もちろん、自分で見たことはあるし、アラキスでも同じ現象をもたらすように命じはした。しかし、いまはもう、あの現象の記憶《きおく》は別人のものだったように感じられる。その現象の呼び名は〝雨〟だ。ふと、生まれ惑星の暴風雨を思いだした。カラダンの空を部厚く覆う鉛色の雲、激しい雷雨、じっとりと湿った空気、天窓を打ちすえる重い雨粒。雨は無数の小流となって軒を流れ落ちていく。雨水渠《うすいきょ》から勢いよく雨水が流れこむ川は濁流と化し、氾濫《はんらん》を起こして、領家が所有する果樹園を水浸しにしたものだった。果樹の枝は実を結ぶことなく、雨に打たれて濡れ光るばかり——。

片足が路面に積もる砂の低い吹きだまりにひっかかり、つかのま、子供時代、よく靴にまつわりついた泥の感触を思いだした。だが、意識はすぐさま砂の世界へ、砂塵が積もり、風吹きすさぶ暗闇へと戻っていた。行く手には未来が自分を嗤《わら》いながら待ちかまえている。周囲に広がる荒《すさ》んだ雰囲気は、〝これはおまえのせいだ!〟と責めたてているかのようだ。この地に住む者は、他人の足を引っぱろうとして躍起になる者、虚偽を誇大に吹聴する者、ものごとを権力ずくで解決しようとする者ばかりになりはててしまった。そういった者は、もっと権力を……いっそう多くの権力を追いもとめる……それに必要とするエネルギーを憎みながら。

足が踏む石畳の感触が粗くなった。この感触は幻視でも経験している。そのとき、暗い長方形の戸口が右手に現われた。黒の中の黒。これがオシームの家だ。見た目はまわりの家と同じでも、〈時〉がこのときのために選んだ役割において、唯一無二となる場所——それこそがこの運命の家だった。ここは数奇な場所として歴史に残ることになるだろう。

ノックに応えて、ドアがわずかに開いた。細い隙間から漏れ出てくるのは、玄関の間《アトリウム》を照らすくすんだ緑の光だ。顔を出したのは矮人《こびと》だった。子供のからだに、老人の顔。この妖怪じみた存在は、予知能力でも観たことがない。

「おお、ほんとうにきおったわい」矮人はそういって、脇にどいた。その態度には微塵もかしこまったようすがない。なにがうれしいのか、顔にじわじわと笑みが広がっていく。

「さあさあ中へ！　さあさあ中へ！」

ポールはためらった。幻視にこの矮人が現われた例《ためし》はない。しかし、それ以外はすべて幻視のとおりだ。幻視はかぎりなく現実に近い情景を観せるが、このような食いちがいも含む。しかし、この差異はむしろ希望をいだかせた。小路の入口をふりかえれば、街路のはるか彼方に〈防嵐壁《ぼうらんへき》〉の黒々としたシルエットがそそりたち、その鋸歯《きょし》状の頂《いただき》の上に月が昇って、おだやかな白光を投げかけている。トビネズミ《ムアッディブ》を思わせる模様があるので、あれは第二の月だ。自分はこの月に取り憑《つ》かれている。あの幻視の中、月はどんなふうに墜《お》ちた？

「さあさあ中へ」ふたたび、矮人がうながした。

ポールは屋内に足を踏み入れた。背後で扉が鈍い音を立てて気密ブラケットに密着し、水分の屋外流出を絶った。矮人が横をすりぬけ、大きな足でぴたぴたと床石を踏みながら先導していき、繊細な格子門をあけ、その向こうに現われた天蓋つきの広間《コートヤード》を指さすと、中に入れと手ぶりで勧めた。

「家人はみんな、お待ちかねだよ、わが陛下」

（陛下？　では、この男、おれを見知っているのか？）

確認するひまを与えず、矮人は横手奥に通じる通路を歩み去っていった。希望が旋風《つむじかぜ》となり、ポールの心の中で舞い踊った。おもむろに広間を横切り、奥へ進む。屋内は暗く、陰々として、病と敗北のにおいが染みついていた。どんよりした空気には辟易させられた。しかし、より弱い悪を選ぶことは敗北なのだろうか？　自分はこの道をどれほど遠くまできてしまったのだろう？

突きあたりの壁には幅のせまい戸口があり、そこから広間へは明かりがこぼれていた。だれかに見られている感覚と邪悪なにおいが感じられたが、それはいったん棚上げにして戸口をくぐり、その向こうの小さな部屋に入る。フレメンの基準では殺風景な部屋だった。砂上《ヒエ》キャンプ用《レグ》のテント生地を用いた飾り布は壁の二面にしかかかっていない。戸口から見て向かいの壁には、この部屋でいちばん上等の飾り布がかけてあり、その下に置かれた鮮紅色のクッションに男がひとりですわっていた。向かって左の、なにもかかっていない壁には、別の戸口がある。その奥の暗がりには、うすぼんやりと女の姿も見えた。

幻視に一杯くわされた気分だった。これは幻視で観た光景と同じではないか。さっきの矮人はなんだったんだ？　差異はいったいどこにある？

ざっと見まわしただけで、五感はこの小部屋の状況を把握した。飾り布がすくないにもかかわらず、室内は入念に手入れされている。むきだしの壁に残るフックや吊るし棒は、かつて飾り布がかかっていたことを示す痕跡だ。そこでポールは、巡礼たちが金に糸目をつけずに、フレメン純正の手工芸品を買うことを思いだした。裕福な巡礼たちは、砂漠のタペストリーを宝物として――巡礼《ハッジュ》のまごうかたなき証拠として珍重するのだ。飾り布をはがしたあとの、石膏漆喰を塗りたての殺風景な壁面は、ポールを責めているように感じられた。残っている二枚もあちこちが擦り切れたありさまで、それがいっそう罪悪感をかきたてる。

右の壁は幅のせまい棚板を取りつけてあり、その棚以外にはなにもない。棚板の上にはスナップ写真がならんでいる。写っているのはおおむね髭面のフレメンで、保水スーツを身にまとい、鼻孔《ノーズ》チューブをだらんとたらしている者もいれば、帝国の軍服を着用して、エキゾチックな異星の風景をバックにポーズをとっている者もいた。バックに写る景色は海景が大半を占める。

ここで、クッションにすわるフレメンが咳ばらいをし、ポールの注意を引いた。そこに、幻視で観たとおりのオシームがいた。往時よりも痩せていて、鳥のそれのように首が細り、大きな頭を支えられそうにはとても見えない。顔は半面がひどく悲惨なありさまだった。

左の頬は無数の傷が縦横に走り、その上の目は涙っぽく、まぶたも垂れているのに対して、右側は肌が張っていて色艶もよく、フレメン特有の青の中の青の目でまっすぐにこちらを見すえている。小錨索《しょうびょうさく》ともいえそうな長い鼻梁によって、その顔はきれいに分断されていた。

オシームのクッションはラグの真ん中に置いてあり、茶色と栗色と金色の色糸で織ったラグはあちこち擦り切れてくたびれた状態だ。クッションの生地はしみだらけで、つぎも当ててある。ただし、小部屋にある金属類は——写真のフレーム、棚の縁やブラケット、右手にある低いテーブルの脚などは、すべてぴかぴかに磨きあげられていた。

ポールはオシームの顔の、整っている半面にうなずきかけ、声をかけた。

「おまえとおまえの住居に幸あらんことを」

これはフレメンの旧友にして群居洞《シエチ》の仲間に向けるあいさつだ。

「また会えたな、ウスールよ」

部族での名を口にしたオシームのかぼそい声には、老人特有のわななきが聞きとれた。左半面は羊皮紙のように皮膚が薄くなっており、垂れたまぶたの下から覗く目には生気がない。傷だらけの頬から下は灰色の不精髭におおわれて、あごのラインにはしなびた皮が垂れている。しゃべるときは口が歪み、銀歯があらわになった。

「ムアッディブはいつでもフェダイキンの呼びかけに応える」ポールは答えた。

戸口の陰に立つ女が身動きをし、口を開いた。

「スティルガーもそううそぶくよね、同じことをさ」

明かりの中に歩み出てきた女は、あの踊面術士《フェイスダンサー》がコピーした娘、リクナを年かさにしたような外見をしていた。ポールはオシームに妻がふたりいたことを思いだした。ふたりは姉と妹の関係にあったはずだ。ここにいる女は髪が半白で、鼻は魔女のように鋭かった。両手の人差し指と親指には機織《はたお》り胼胝《だこ》ができている。群居洞《シエチ》時代、フレメンの女はこんな胼胝を誇らしげに見せていたものだが、ポールの視線が自分の指に向けられていることに気づくと、女はすばやく薄青のローブのひだに両手を隠した。

そこでやっと、女の名前を思いだした。そう、ドゥーリーだ。ついで思いだしたのは、意外にも、幻視で観たこの瞬間の姿ではなく、子供時代の姿だった。この声には泣きごとじみた響きがある。そしてドゥーリーは、子供のころもめそめそした子だったのである。

「だが、げんにわたしはここにいる。スティルガーが反対したとしたら、わたしがここにこられたと思うか？」ポールはドゥーリーにそう問いかけてから、オシームに向きなおり、群居洞《シエチ》仲間ならではの率直な物言いで告げた。「おまえに代わって、水の責務を果たそう、オシーム。さあ、わたしに命じてくれ」

水の責務とは、フレメンのことばで〝命がけで行なうべき務め〟を指す。

オシームは小刻みにわななきながらうなずいた。枯れ枝のような細首がぽっきり折れてしまうのではないかと不安になる動きだった。ついで、赤黒い斑紋の浮き出た左手を上に持ちあげ、オシームは顔の左半面を指さした。

「タラーヘル戦役でな、ウスール、裂き割れ病にやられてしまった」喘鳴《ぜんめい》混じりの声で、オシームはいった。「戦いに勝利した直後のことだ。あのとき、おれたちは全員が……」

そこではげしく咳きこみ、ことばが途切れた。

「もうじき、うちの部族がこのひとの水を回収することになるだろうね」

ドゥーリーがそういって、オシームのもとに歩みより、背中にクッションをあてがうと、咳が収まるまで肩を支えてやっていた。ドゥーリーはまだそれほどの齢になってはいないようだな、とポールは思った。だが、口のまわりには希望を失ったことによる皺が刻まれ、目には生活苦がにじみでている。

「医者を呼ぼう」ポールはいった。

ドゥーリーは腰に片手をあて、ポールにきっ、と顔を向けて、

「お医者にはもう診てもらったよ、あんたが呼べるどんなお医者にも負けないほど立派な先生たちにね」

ドゥーリーが自分から見て左側の、殺風景な壁にちらりと目をやったのは、意図せざる行為だったのだろう。

（つまり、その医者たちは高くついたというわけだ）

いらだちがつのった。自分を束縛する幻視には、なにかと微妙な差異が忍びこんでいる。どうすればこの差異を利用できるだろう。〈時〉は微妙な変化をともない、ほつれた糸となって顕現したが、背景にある生地全体に変化はなく、がんじがらめに自分を縛っている。以後の気が滅入る展開については、絶対に変動しないとの確信があった。八方ふさがりのこの状況から強引に脱しようとすれば、もうじき訪れるはずの展開どころではすまない、とてつもなく熾烈《しれつ》な暴力が荒れ狂うことになる。一見おだやかそうな〈時〉の流れに潜む強制力は、圧倒的に強い。

「してほしいことをいってくれ」ポールはうなるような声でうながした。

「オシームがしてほしいのはね、いまわの際《きわ》にあって、友人がそばにいてくれることじゃないのかね」ドゥーリーがいった。「フェダイキンの一員ともあろう者が、自分の亡骸をよそ者に託さなきゃならないなんて、あんまりじゃないかい？」

（われわれはタブールの群居洞《シエチ》でともに過ごした間柄だ。ドゥーリーにはおれを薄情だとなじる権利がある）

ポールは答えた。

「可能なことなら望みをきこう」

ふたたび、オシームがはげしく咳きこんだ。そして、ようやく発作が収まると、あえぎあえぎ、こう切りだした。

「謀叛《むほん》の企みだ、ウスール。おまえに反旗を翻そうと策するフレメンたちがいる」

そこから先は、口が動いているのに、声は出てこなくなった。唇からはよだれがたれている。ドゥーリーがローブの縁でオシームの口をぬぐった。その顔つきから、これほどの水分を無駄にせざるをえない状況に怒りをおぼえていることがわかった。

ここにいたって、悔恨と歯がゆさのあまり、ポールは憤りに圧倒されそうになった。

（あのオシームが、こんなにもみじめな終わりを迎えていいはずがない！　フェダイキンたる者、もっと名誉ある死にざまがあるはずだ）

だが、選択の余地はどこにもなかった。この決死コマンドにも、その主人の皇帝にもだ。自分たちはいま、この部屋でオッカムの剃刀《かみそり》の上を歩いている。これ以上、事態を複雑化する余地はない。一歩でもステップを踏みあやまれば、そのミスははるかに大きな恐怖となって返ってくるだろう。深刻な被害をこうむるのは自分たちだけではない。全人類だ。帝国を破滅させようとしている勢力すらも甚大な被害に見舞われる。

ポールはみずからの精神に冷静さを課し、ドゥーリーを見た。ドゥーリーがオシームに向けた眼差しには切ない思いがにじんでいる。それを見て、いっそう強く意を固めた。

(チェイニーにはけっして、こんな目でおれを見させはしないぞ)

「メッセージがある、とリクナから聞いたが」ポールは水を向けた。

「あの矮人《こびと》……」オシームはあえぐように答えた。「あれを買ったのは……買ったのはな……ある……惑星で……どこだったか忘れてしまった。あれは神経刻印機《ディストランス》の人間媒体で、トレイラクス会に捨てられた玩具だそうな。あの者には全員の名前を記憶させてある……謀叛人全員の名前をな……」

オシームはわななき、黙りこんだ。

「いま、リクナの名を出したね」ドゥーリーがいった。「あんたがここにきたってことは、あの娘《こ》もぶじにそっちへたどりつけたってことだろう。オシームの水の責務を請け負ってくれるというなら、あの娘がその責務そのものだ。あの娘の安全には、今回教える情報と同じだけの価値がある。さっさとあの矮人を連れてお帰り」

ポールは全身がわななわなと震えそうになるのをこらえ、目をつむった。

(リクナ!)

本物のリクナは非業の死をとげた。音楽麻薬《セムータ》に蝕まれたその死体は、砂漠で砂塵と風にさらされて、ほぼ白骨だけになっていたのだ。

目をあけて、ポールはいった。

「いつでも好きなときに、われわれのもとへ身を寄せてくれればよかったものを……」

「オシームはあえて、あんたに近づかないようにしてたんだよ、ウスール、あんたを憎む人間のひとりに数えられるのをいやがってね」ドゥーリーが答えた。「この家の南側——袋小路の家は、あんたの敵の溜まり場なんだ。だからあたしらはこの家を選んだのさ」

「わかった。あの矮人を呼んでくれ。みんなでここを出ていこう」

「あたしのいうこと、聞いてなかったのかい?」

「あの矮人を安全な場所へ連れていくことが先決だ」オシームがいった。その声には妙な力強さが宿っていた。「謀叛人の名簿はあれが持っているもののみ。だれもあれにそんな才覚があるとは思わん。みな、おれが慰みに飼っている男だと思っている」

「あたしらはここに残るしかないんだよ」ドゥーリーがいった。「出ていくのはあんたと矮人だけだ。みいんな知ってるからね……あたしらがどれだけ貧しいかをさ。こないだ、あの矮人を売っぱらうと吹聴しておいたから、みんなはあんたを買い受け人と思うだろう。連れだす方法はほかにないよ」

ポールは幻視の記憶を顧みた。記憶の中で、自分は謀叛人たちの名簿を得て引きあげている。だが、その名簿をどうやって確保したかは観たことがない。あの矮人は明らかに、別の予知能力者の保護下にあるのだろう。そこでポールは思いいたった。すべての生物はなんらかの運命を背負っており、その運命はさまざまに重要度の異なる目的によって――また修行と気質の固定化によって――特徴づけられている。聖戦《ジハード》が自分を選んだ瞬間以降、ポールは自分が多種多様な勢力と力学に取り囲まれていることを実感してきた。そして、各勢力と力学の固定化された目的により、進むべき道筋を突きつけられ、誘導されてきた。自分の中にあると錯覚してきた〝自由な意志〟は、いまや牢獄に閉じこめられ、鉄格子をつかんで揺さぶっている囚人でしかない。いまいましいのは、自分にその牢獄が見えるという事実だ。自分には自分が入っている牢獄が見えている！

この家の空虚な静けさに耳をすませた。いま屋内にいるのは四人だけ――ドゥーリー、オシーム、あの矮人、自分だけだ。この小部屋にいる者たちの恐怖と緊張が嗅ぎとれた。そして、監視者たちの存在も――監視者というのは、はるか上空に羽ばたき機《ソプター》を飛ばせている自分の手の者たちだけではなく……ほかの者たち……隣家に潜んでいる者たちも含む。

（希望をいだいたのは早計だったな）とポールは思った。

だが、希望ということばが頭に浮かんだとたん、徒《あだ》かもしれない別の希望が芽生えた。もしかすると……差異を利用してこの場を乗りきる道があるかもしれない。

「では、矮人を呼んでくれ」ポールはうながした。

「ビジャーズ！」ドゥーリーが呼ばわった。

「……呼んだかぁ？」

矮人が広間から小部屋に入ってきた。不安そうな面持ちになっている。

「新しいご主人さまだよ、ビジャーズ」ドゥーリーが声をかけ、ポールに視線を向けた。

「新しいご主人さまのことは……ウスールとお呼び」

「ウスール――そいつは〝柱のいちばん下のところ〟って意味じゃないか」ビジャーズがけげんな声を出した。「なんでウスールがいちばん下のはずがある？　世の中で下の下の存在はこのおれだというのにさ？」

「すまんな、ウスール。いつもこうだ。ああいえばこういう」オシームが詫びをいった。

「おいおい、おれはなにもいいやしないぜ。たんに言語と呼ばれる機械を操作してるんだ。機械はきしみ、うなりをあげる。その音を発するのがおれ自身というだけで」

（トレイラクス会の玩具、か。知識もあるし、気転もきく）とポールは思った。（ベネ・トレイラクスがこれほど役にたつ道具を捨てるはずはない）

ポールは矮人に顔を向け、じっと見つめた。メランジに染まった丸い目が見返してきた。

「おまえにはほかにどんな才覚があるんだ、ビジャーズ？」ポールはたずねた。

「出ていくべきタイミングをちゃあんとわきまえてるってことかね」ビジャーズは答えた。「こんな才覚を持ったやつぁめったにいないぜ。幕引きには頃合いってもんがあってだな――そいつは良好な始まりのタイミングでもあるのさ。さ、とっとと出ていくとしようや、ウスール」

ポールはあらためて幻視の記憶を検証した。矮人を観た記憶はない。しかし、この男のことばは状況にそぐう。

「玄関口でおまえはわたしを陛下と呼んだ」ポールはいった。「ということは、わたしがだれか知っているわけか？」

「兵火《へいか》の絶えないお人だろ、だから陛下《へいか》、なんてな」ビジャーズはにやりと笑ってみせた。「ま、柱《ウスール》の根っこよりゃあずっとおえらい人だ。あんたさんはアトレイデス帝、ポール・ムアッディブ。そしておれさまの指でもある」

矮人はそういって、右手の人差し指を立ててみせた。

「ビジャーズ！」ドゥーリリーが叱りつけた。「波風立ててるんじゃないよ」

「おっ立ててるのは指だけさ、波風なんぞ立ててちゃいない」ビジャーズは哀れっぽい声を模して応じると、ポールを指さしてみせた。「おれはウスールを指さしてる。だとしたら、おれの指はウスールだろ、ちがうか？　それとも、もっと下にあるナニかの隠喩かな？」

矮人は指を目の前まで持っていき、にやにや笑いを浮かべながら、まず甲側を、ついで腹側をしげしげと見た。

「なんてこったい、やっぱりただの指だった」

「ときどきね、こうやってたわごとをさえずりまくるんだわ」ドゥーリーがあきれはてた声で言い訳をした。「こんなんだから、トレイラクス会に捨てられたんじゃないかね」

「捨てる神あれば拾う神ありってな。いやはや、指には奇妙な効用があるもんだ」そこでビジャーズは、ドゥーリーとオシームへ異様にぎらつく目を向けて、「弱い縁だったな、オシームのだんな。別れの涙はちょっぴりだけだ」

矮人は大きな両足で床を踏みしめると、からだを横に半回転させ、ポールと面と向かう位置でぴたりと停止した。

「さあ、拾う神さまやい！　あんたに会うために、おれははるばるやってきたらしいぜ」

ポールはうなずいた。ビジャーズはつづけた。

「やさしくしてもらえるんだろうな、ウスール？　知ってのとおり、おれは人間だ。人間、いろんな姿形と体格があるもんで、この肉体もその一例さ。喧嘩は弱いが口喧嘩は強い。食いぶちは安くあがるが、満足させるにゃ高くつく。ま、せいぜいご笑味いただこうかい。総身に知恵のまわりかね、なんてやつらにくらべたら、知識も知恵も正味は上だ」

「あんたのくだらない地口につきあってるひまはないんだよ！」ドゥーリーが憤然として口をはさんだ。「出ていく潮時はとうに過ぎたんだからね！」

「たしかにおれは地口が好きだが」ビジャーズは切り返した。「地口のぜんぶがぜんぶ、くだらないわけじゃないぜ。過ぎたって？　たしかにおれはあんたらにゃあ過ぎた男だ、そう思うだろ、ウスール？　ま、過ぎたことは忘れちまえと、格言にもいうことだしな。ドゥーリーのことばに真《まこと》あり。それを見分ける才覚も、おれにはちゃあんとあるんだよ」

「おまえ、読真力《どくしんりょく》があるのか？」ポールは問いかけた。

同時に、いまは幻視どおり事態が進むのを待つことにした。この局所的な時間の流れをぶちこわし、予期せぬ新たな結果をいろいろと招くくらいなら、幻視にしたがったほうがましというものだ。それに、オシームはまだいうべきことばを残している。そのことばが口にされなければ、〈時〉ははるかに悪い分岐路へ曲がっていってしまう。

「おれにあるのは〝読現力《どくげんりょく》〟さ」とビジャーズは答えた。

そういう矮人は、心なしかそわそわしだしているように見えた。これから起こることに気づいているのだろうか。ビジャーズ自身、予知能力を持っているのか。

ふいに、まぶたが垂れていないほうの目でドゥーリーを見あげて、オシームがたずねた。

「リクナの消息はたずねたか？」

「リクナなら安全だよ」ドゥーリーが答える。

ポールはうつむいた。表情から虚偽を見破られないようにするためだ。

（ああ、安全だとも！）秘密の墓地で灰になった状態でな。

「ならば、よい」ポールがうつむいたのを見て首肯したと解釈したのだろう、オシームはいった。「悪いことばかりのなかで唯一の朗報だ、ウスール。われわれがいま造っているこの世界、おれはこれが気にいらん。そのことは知っているな？　砂漠にわれわれだけが住み、ハルコンネンだけが敵であったころは、もっとよかった」

「たくさんの敵とたくさんの友、それを分かつのはごく細い線だぜ」ビジャーズがいった。「その線には始点も終点もない。というわけで、もうそろそろ終わりにしようじゃないか、友人たちよ」

ついでビジャーズは、落ちつかなげな足どりでポールのそばまでやってきた。

そんな矮人に、ポールはたずねた。

「〝読現力〟とはなんだ？」

問いかけたのは、この瞬間を引き延ばし、矮人を刺激して情報を引きだすためだ。

身をわななかせながら、ビジャーズは答えた。

「だからさ、現在だよ！　いま！　いまを読むんだ！」いったんことばを切り、ポールのローブを引っぱって、「いまが出ていく潮時だぜ、急いで出よう！」

「たわごとばかりさえずる男ながら、そいつとて悪気はなくてな」

愛情を含む声で、オシームがいった。いいほうの目をビジャーズに注いでいる。

「たわごとばかりさえずるこの口も、出発の合図は出せるんだぜ」これはビジャーズだ。

「おまけに目から涙も出せる。さあさあ、とっとと出てこうや、始めの一歩を記す時間があるうちに」

「ビジャーズ。なにをそう恐れている」ポールはたずねた。

「いまこのとき、おれを探してる悪霊をさ」ビジャーズは小声で答えた。いつしか額には玉の汗が噴きだしている。両頬もひくひくと痙攣《けいれん》しだしていた。「考える力もないくせに、おれのからだだけを乗っとろうとしてる悪霊がいてな。その悪霊はいま、もとのからだに戻ってやがる！　目に見えるものが恐ろしい、見えないものも恐ろしい」

（この矮人、やはり予知能力を持っているようだ）

ビジャーズもあの恐るべき啓示を観たらしい。とすると、啓示が先々にもたらす運命も観たのか？　矮人の予知能力はどの程度のものなのだろう？　〈デューン・タロット〉にのめりこむ連中程度のささやかな力か？　それとも、もっと大きな力を持っているのか？どの程度まで未来を観ている？

「早くいったほうがいいよ」ドゥーリーがうながした。「ビジャーズのいうとおりさ」

ビジャーズもせきたてた。

「ぐずぐずすればするほど延びていく……引き延ばされていくんだ、現在が！」

（ぐずぐずすればするほど延びていく……おれの罪悪感もな）とポールは思った。

蟲《ワーム》が吐く有毒の呼気、そして砂の滝を降りそそがせる歯列が襲いかかってきた。あれを眼前で見たのはずっとむかしのことだが、あのときの記憶が、いま、鮮明によみがえってきたのだ。香料《スパイス》にまみれ、苦闘してきた日々。自分自身の〝蟲《ワーム》〟が待ちかまえているのが感じられる。すなわち、〝砂漠という墓所〟が。

ポールはいった。

「いまは苦難の時だからな」

これはオシームの外世界に対する判断に鑑《かんが》み、自分自身に向けてのことばだ。

「フレメンなら知ってるさ、苦難の時にどうすればいいのかね」ドゥーリーがいった。

オシームも首をわななかせ、こくりとうなずいてみせた。

ポールはドゥーリーに目をやった。もちろん、感謝されると思っていたわけではない。感謝されていたなら、むしろ耐えがたい重荷になっていただろう。しかし、ドゥーリーの目にも、やはりオシームの辛辣さと激しい憤りは反映されており、それがポールの覚悟をぐらつかせた。これほどつらい代償を払うべきことが、この世にあるだろうか。

「ぐずぐずしてたって、なんにもならないよ」ドゥーリーがうながした。

「為《な》すべきことを為せ、ウスール」オシームも喘鳴混じりの声でいった。

ポールは嘆息した。とうとう幻視で観たとおりのことばが口にされたのだ。

「約束は果たす」

ポールはそういって、幻視のとおりに会話を完結させた。そして、くるりと背を向け、小部屋をあとにした。背後からビジャーズの足音がぴたぴたとついてくる。

「過ぎたこと、過ぎたこと」うしろからついてきながら、ビジャーズはいった。「過ぎたことなど忘れちまおう。きょうはしんどい一日だった」

相互に暴力を避ける必要から、相手を刺激せぬよう、むやみに婉曲《えんきょく》的な言いまわしが跋扈《ばっこ》している。そうした言辞で人ひとりの人生から一時間を奪うことと、相手に暴行を加えて人生そのものを奪うこととは、本質的に同じ行為であり、程度の差しかない。相手に暴力をふるえば、その相手のエネルギーを浪費させる。相手に婉曲の極致にある言辞を長々とふるえば、相手を殺そうとする意図は隠せるだろうが、他者になんらかの力をふるうことに変わりはなく、あとに残るのは究極の傲慢なる通告——すなわち、「おまえのエネルギーを喰らってやる」だ。

——枢密院勅令補遺
ポール・ムアッディブ帝、発令

帝都の空に高く昇った第一の月のもと、ポールは防御シールドを作動させ、輝く光膜で自身を包みこみ、すこし歩いて袋小路から街路に出た。おりしも〈防嵐壁《ぼうらんへき》〉を越えてきた風に煽られて砂塵が渦巻き、旋風《つむじかぜ》となってせまい街路を疾走してきたため、ビジャーズは目をしばたたき、目の上に手をかざした。

「急がなきゃ」矮人はつぶやいた。「急げや急げ！」

「危険を感じるのか？」ポールは探りを入れた。

「危険はくるさ、確実に！」

唐突に、どこか近くで剣呑な気配が膨れあがったかと思うと、付近の戸口からひとつの人影が現われた。

ビジャーズが小さく悲鳴をあげ、うずくまる。

だが、人影はスティルガーだった。戦闘機械のような動きでしっかりと街路を踏みしめ、背をかがめて大股に近づいてくる。

ポールは手早くビジャーズの価値を伝えてから、身柄をスティルガーに預けた。幻視で観た流れは、いまやおそろしく急速に展開している。スティルガーはビジャーズを連れて足早に立ち去った。ポールの周囲はすでに警衛の近衛兵たちで固められている。ここで、オシームの家のとなり、袋小路の突きあたりにある家を急襲するよう、命令が下された。

近衛兵たちはただちにしたがい、影の中の影となって敏捷に駆けだしていった。

（また犠牲が出る……）

「なるべく生け捕りにしろ」指揮官のひとりが厳しい声で命じた。

幻視で聞いたのとまったく同じ声、同じことばだ。いまは幻視と現実とが完全に、寸分たがわずシンクロしている。数機の羽ばたき飛行機《オーニソプター》が月面を横切って降下してきた。

いまや夜は、目標の急襲に向かう帝国近衛兵であふれている。

そのとき——シューッという音が他の音を圧して響きだした。その音はぐんぐん大きくなっていき、やがて耳を聾《ろう》する大音響と化した。つぎの瞬間、目もくらむ赤褐色の閃光がほとばしり、夜天の星々を光輝でかき消すとともに、第一の月をひと呑みにした。

この音は知っている。この光輝も知っている。最初期に観た悪夢のような幻視、あれにあったものだ。こうなると知っていたせいか、奇妙な達成感めいたものを感じた。ことは起こるべくして起こったのだ。

「岩石昇華発破《ストーン・バーナー》だ！」だれかが叫んだ。

「岩石昇華発破だ！」同じ叫びをまわりじゅうの近衛兵たちが口々にくりかえしだした。

「岩石昇華発破だ……岩石昇華発破だ……」

この場合にとるべき行動として、ポールは片腕ですばやく顔をおおい、低い縁石の陰に突っ伏した。もちろん、時すでに遅いことはわかっている。

オシームの家が建っていたところには、炎の柱が赤々と屹立《きつりつ》していた。強烈にまばゆい猛炎のジェットが夜天をめがけて噴きあがっている。逃げまどう戦闘員たち、算を乱して退避していくオーニソプター隊——火柱が投げかける醜悪な光輝は、急襲部隊が披露する悲惨なバレエをくっきりと浮き彫りにしていた。

狂騒的混乱に巻きこまれた者全員にとって、すべてはもはや手遅れだ。

ポールが突っ伏した路面は熱くなっており、気がつくと走りまわる足音は途絶えていた。まわりの者も全員、路面に突っ伏している。やみくもに走りまわっても意味がないと気がついたのだ。最初のダメージは全員が受けた。これ以後は岩石昇華発破がもたらす別種のダメージが減衰するのをじっと待つほかない。この発破は放射線を発する。どんな人間も放射線からは逃れられないし、ここに伏せる全員がすでに被曝していた。岩石昇華発破の放射線がもたらす固有の影響は被爆者の身体内で進行しはじめている。この発破をあえて兵器として使った者たち、核兵器の使用を禁止する〈大協約〉をあえて破った者たちは、それがおよぼす影響まで計算ずくだったにちがいない。

「なんてことだ……岩石昇華発破だと」だれかが悲痛な声を出した。「そんな……いやだ……目が……目が……このまま……」

「みんな同じだ」街路の向こうのほうから、別の近衛兵の険しい声が飛んだ。

「〈トレイラクスの目〉が売れてしょうがなくなるな」ポールのそばのだれかが、うなるような声でいった。「とにかく、いまは口をつぐんで、じっと待つことだ」

全員、ひたすら待ちつづけた。

ポールは黙《もく》したまま、発破の威力設定を考えた。核物質が多すぎれば昇華作用は惑星の核にまで達する。〈デューン〉の液体外核は、外縁がかなりの深みにあるが、それだけにかえって危険といえた。それほど大深度の圧力が解放され、制御できない状態に陥れば、この惑星自体が分解し、生命なき無数の岩塊となって宇宙に飛散してしまう恐れもある。

「震動がすこし収まってきたようだぞ」だれかがいった。

「深みへ貫入しているだけだ」ポールは警告を発した。「そのまま伏せていろ、全員だ。じきにスティルガーが救援をよこす」

「スティルガーは早めに引きあげていたと？」

「そうだ」

「地べたが熱い」だれかがこぼした。

「くそっ、核兵器なんか使いやがって！」ポールにほど近い近衛兵がいきまいた。

「音が小さくなってきた」通りの先にいるだれかがいった。

ポールは近衛たちのことばを無視し、路面にあてた指先に神経を集中させた。重々しい轟きが感じられる——深い……深い……。

「目が！」だれかが叫んだ。「見えない！」

（おれより爆心地の近くにいたな）とポールは思った。

顔をあげてみると、ポール自身にはまだ袋小路の突きあたり付近が見えていた。ただし、全体に霞がかかったような見え方になっている。オシームの住居と隣家のあった一帯は、赤黄色の光輝で燦爛《さんらん》と輝いていた。その周辺にあった家の残骸は黒いシルエットとなり、輝く穴の中へぼろぼろと崩れ落ちていく。

おもむろに、ポールは立ちあがった。岩石昇華発破の核反応は止まったようだ。地下の音はもうしていない。ただでさえつややかな保水スーツの内面は汗でぬるぬるしていた。スーツでさえ処理しきれないほど大量の汗が噴きだした結果だった。肺に吸いこむ空気は昇華発破がもたらした熱と硫黄臭を帯びていた。

周囲で立ちあがりはじめた兵たちを見ているうちに、ポールの目の中にただよっていた霞は黒ずみだし、とうとう完全に視力が失われた。かわりにポールは幻視で見た記憶からこの時間域の記憶を呼びだし、〈時〉が自分のために啓開した道程をあらためてたどった。記憶の中にしっかりと身を委《ゆだ》ねたので、たやすく幻視の光景が見えなくなることはない。

そうするうちに、ここが多数の時間線の結節点、現実が予知と融合する時間域であるとの思いを強くした。

まわりのいたるところで近衛兵の呻き声と苦悶の声があがっている。それぞれが視覚を奪われたことに気づいたらしい。

「気をしっかり持て！」ポールは大音声を発した。「助けはくる！」

それでも苦悶の声が絶えないため、こんどはこう叫んだ。

「余はムアッディブだ！　ムアッディブが命ずる、気をしっかり持て！　助けはくる！」

静寂。

ついで、幻視で観たとおり、付近にいる近衛兵が問いかけた。

「いまのはほんとうに陛下か？　だれか目の見える者はいるか？　いたら教えてくれ」

「ここに目が見える者はいない」ポールは答えた。「余の目も奪われた。しかし、幻視の力は健在だ。立っているおまえも観えているぞ。おまえの左、手を伸ばせば届くところに煤けた壁がある。その壁に手をついてからだを支えろ、くじけずに待て。スティルガーが救助隊を連れてここに急行している」

おりしも、多数のソプターが羽ばたく音が全周で大きくなってきた。おおぜいが駆けてくる足音も聞こえる。ポールは仲間たちが救出にくるようすを幻視の記憶から観てとり、記憶の光景と現在の音とを擦りあわせた。

「スティルガー！」ポールは手をふり、呼ばわった。「ここだ！」

「シャイー＝フルードよ、讃えあれ！」スティルガーが叫び、ポールのもとへ駆け寄ってきた。「どこにもお怪我は……」いいかけて、絶句した。幻視の記憶がとらえているのは、スティルガーが悲愴な表情を浮かべ、友人でもあり、皇帝でもある人物の、光を失った目を見つめる姿だった。

「おお、わが君《ム・ロード》」スティルガーはうめいた。「ウスール……ウスール……ウスール……」

「岩石昇華発破はどうなった？」救援隊のひとりがだれにともなく怒鳴った。

「反応が止まった」ポールは声を張りあげ、その男に袋小路の奥を指し示した。「至急、現場へ赴き、爆心地のひときわ近くにいた兵たちを救出せよ。シールドを張れ。ぐずぐずするな！」

ひとしきり指示を出してから、スティルガーに向きなおる。

「見えているのですか、ム・ロード？」スティルガーの口調には驚愕の響きが宿っていた。

「いったいどうすれば、そのようなことが？」

答えるかわりに、ポールは手を伸ばし、保水マスクのすぐ上に覗くスティルガーの頬を指先でなぞった。涙で濡れているのが触覚でもわかる。

「おれのために水分をむだにする必要はないぞ、旧友よ」ポールはいった。「おれはまだ死んではいない」

「しかし、目が！」

「生身の目はつぶせても、幻視の目をつぶせはしない。スティル、おれはいま黙示録的な夢の中に生きている。一挙手一投足が、なによりも恐れていた幻視と完全にシンクロしているんだ。過去に幻視で経験したできごとをそっくりそのままなぞるとなると、この先は退屈な日々を送ることになりそうだな」

「ウスール、わたしには、わたしには……」

「理解しようとはするな。受け入れろ。おれは〝ここにあるこの世界〟を超越した世界にいる。おれにとってはどちらの世界も同じものだ。引いてくれる手は必要ない。まわりの動きはすべて記憶を介して見える。おまえの顔の表情も克明に見えている。おれには目がない、それでもおれは見る」

　スティルガーは鋭くかぶりをふった。

「ム・ロード、目の件は伏せておくことに――」

「だれにも隠したりはしない」ポールはきっぱりといった。

「ですが、フレメンの掟では……」

「いまこの地を治めるのはアトレイデス家の法だ。そもそも、盲《めし》いらば砂漠に捨てよとのフレメンの掟は、砂漠で視力を失った者に適用されるもの。〝視力〟ならばちゃんとある。おれが生きているのは、善と悪が闘技場で戦う存在周期の中にほかならない。われわれは時代と時代を結ぶ転換点に差しかかっている。そしてわれわれには自分たちの果たすべき役割がある」

ふいに訪れた静寂の中で、負傷者のひとりがすぐ横を運ばれていくのが感じられた。

「……恐ろしい」男が呻くようにつぶやいた。「あれは大いなる怒りの炎……」

「この者たちはだれひとりとして、砂漠に捨てさせはせぬ」ポールは言明した。「聞いているな、スティル？」

「聞いております、ム・ロード」

「全員に新しい目をつけてやれ。費用は持つ」

「そのように手配いたします、ム・ロード」

ポールはスティルガーの声に畏怖の念が強くなっていくのを感じとり、こう指示した。

「おれは指令ソプターに乗る。この場はまかせた」

「かしこまりました、ム・ロード」

ポールはスティルガーをまわりこみ、街路を大股に歩きはじめた。幻視の記憶によって、とるべき動き、足元の不規則な状態、途中で行きあう人員の顔はすべて把握できている。歩きながら直属の近衛兵たちを指さし、ひとりひとり名を呼び、関係当局の代表者たちを呼びよせ、つぎつぎに命令を下した。ポールが通りすぎたあとには、自分に対する恐怖が膨れあがるのが感じられた。恐怖に満ちたささやき声も聞こえてきた。

「おい、見たか、陛下の目！」

「だけど、まっすぐにおまえをごらんになったぞ。名前もお呼びになった！」

指令ソプターにたどりついた。機体の手前で個人用のシールドを解除したのち、機内に手をつっこみ、驚く通信士の手からマイクを取りあげ、矢継ぎ早に命令を発し、ふたたびマイクを通信士の手に持たせる。ついで、機外に立ったまま向きを変え、兵器の専門家を呼びよせた。熱心で聡明ではあるが、群居洞《シエチ》暮らしのことはぼんやりとしか憶えていない、新世代の若者が近づいてきた。

「岩石昇華発破を使われた」ポールはいった。

ごく短い間ののち、若い専門家は答えた。

「そのように聞いております、陛下」

「もちろん、意味はわかるな」

「エネルギー源は核反応しかありえません」

ポールはうなずき、めまぐるしく働いているであろう若者の思考を想像した。核反応。〈大協約〉は核反応を用いた兵器の使用を厳に禁じている。違反者が見つかろうものなら、大領家《だいりょうけ》はこぞって懲罰行動に動く。核兵器がもたらす脅威と古代の恐怖に直面したとき、古くからつづく領家同士の確執は忘れられ、捨て去られる。

「あれを兵器に転用したしろものが製造されれば、痕跡が残らないはずがない」ポールはつづけた。「適切な探知装置を用意し、岩石昇華〝弾〟が製造された場所をつきとめろ」

「ただちに、陛下」

最後にいちど、恐怖に満ちた目をポールに向けたのち、若者は急ぎ足で立ち去った。

「ム・ロード」背後からおずおずと声がかかった。機内の通信士だった。「お目が……」

ポールはふりかえり、ふたたび機内に手をつっこんで、通信機の周波数を全体指揮用のものから個人用に切り替えた。

「チェイニーに連絡」と通信士に命じる。「こう伝えろ……わたしは健在だ、すぐ帰る」

(これで舞台は整う)とポールは思った。

そこでようやく気がついたのは、周囲の者たちの全身ににじむ汗が、いかに強く恐怖のにおいを発散させているかということだった。

彼は離れた、アリアから、
天の子宮のアリアから！
聖なる《ホーリー》、聖なる《ホーリー》、聖なる《ホーリー》かな！
炎の真砂《まさご》の連盟が
われらの神に牙をむく
彼には見える
目もなしに！
悪魔に憑《つ》かれているのやら！
聖なる、聖なる、聖なるかな
聖なる道の方程式
解いたあげくに

殉教だ！
──「月墜《お》つ」
『ムアッディブの歌』より

七日間におよぶ狂騒的な活動ののち、〈大天守〉は不気味な静寂に包まれた。この朝も〈大天守〉に人はいたが、だれもが頭を寄せあい、小声でひそひそと話し、足を忍ばせて歩いている。なかには妙にこそこそ歩いている者もいる。〈大天守〉の外から警備強化のために呼びよせられ、前庭広場を通って入城してきた特務隊は、当初ははばかることなく足音を立て、装備を設置する音を響かせていたので、けげんな視線を向けられたり、眉をひそめられたりしていたものだが、やがて〈大天守〉の雰囲気を感じとり、なるべく音を立てずに行動しだした。

岩石昇華発破の件は、いまもあちこちで話題にのぼっている。

「火柱の中心はブルーグリーンで、地獄のにおいがしたそうだ」

「エルパも馬鹿だな！　〈トレイラクスの目〉を入れるくらいなら死んだほうがましだといってやがる」

「目の話はかんべんしてくれ」

「ムアッディブがおれの前を通りかかられたとき、名前を呼んでくださったんだぞ！」

「お目が見えないのに、どうしておまえだと？」

「帝都を出ていく者が続出しているそうだ、聞いたか？　帝都じゅうが恐怖のどんぞこにある。指導者《ナイーブ》たちは合同評議会を開くとかで、マカーブの群居洞《シエチ》へいくそうだ」

「あの讃辞起草者野郎はどうなった？」

「連れていかれるのを見たぞ、指導者《ナイーブ》連が会議中の部屋に。それにしても、あのコルバが投獄されるとはなあ！」

〈大天守〉内の異様な静けさのせいだろう、チェイニーはふだんよりも早く目を覚ました。気がつくと、ポールがそばにいて、ベッドサイドにすわっていた。眼球を失った眼窩《がんか》は、寝室の対面する壁の向こう側——なにもないどこかへと向けられている。岩石昇華発破は眼球組織にとりわけ強く働く性質があり、その影響で破壊された眼球はすべて除去された。注射と軟膏のおかげで、眼窩内部でも強靭な組織は残ったものの、放射線の影響はもっと深い部分にまでおよんでいるにちがいない。

チェイニーは強い空腹をおぼえ、上体を起こし、ベッドサイドに用意されていた軽食を口に運んだ。香料《スパイス》入りパンと濃厚なチーズだった。

ポールが軽食を指さした。

「愛しいチェイニー、ほんとうは、妊婦食とは無縁でいてほしかったんだ。信じてくれ」

眼球なき眼窩を向けられたとたん、反射的にぞくりとして、チェイニーは懸命に震えを抑えた。説明を求めてもむだなことはわかっている。不可解なことしかいわないのだから。

〝ぼくは砂で洗礼を受けて、信仰心を持てなくなった。もう信仰を取り引きには使えない。だれが買う？　だれが売る？〟

（あれはいったい、どういう意味だったのかしら）

〈トレイラクスの目〉については、ポールは一顧だにしない。だが、同じ受難を経験した近衛兵たちには惜しみなく買い与えている。

空腹が収まると、チェイニーはベッドを降りて立ちあがり、ふりかえってポールを見た。疲れているのがひと目でわかった。口のはたには険しいしわが寄っている。休息を与えてくれない睡眠で寝乱れた髪は逆立ったままだ。むっつりとふさぎこんだ状態で、心ここにあらずのていに見える。夜間、うとうととしては目を覚ますことをくりかえしているせいか、すこしも疲弊した状態が改善されていない。チェイニーはあえて夫から視線をそらすと、小さくつぶやいた。

「愛しいあなた……愛しいあなた」

ポールが身を乗りだしてきて、チェイニーをベッドに引きもどし、頬にキスをした。

「もうじき、ぼくらは砂漠に帰る」ポールはささやいた。「ここですべきことは、もうわずかしか残っていない」

その声に含まれた、〝これですべてがおわる〟といわんばかりの響きに、チェイニーも今回は震えを抑えきれなかった。

そんなチェイニーの背中に腕をまわし、ぎゅっと抱きしめて、ポールはささやきかけた。

「ぼくを怖がらなくてもいい、ぼくのシハーヤ。不可解なことはみんな忘れて、愛を受け入れるんだ。愛には不可解な要素などない。それは命から生じるものだから。感じられるだろう?」

「ええ」

チェイニーは夫の胸に右の手の平を押しあてて、心搏《しんぱく》数を数えた。鼓動はチェイニーが持つフレメンの精神に、夫の愛情を強く訴えかけていた――奔流のように、怒濤のように荒々しい力で。磁力的な力がチェイニーを押しつつむ。

「ひとつ約束をしよう、愛しい女《ひと》」とポールはいった。「ぼくたちの子供は偉大な帝国を統治する――ぼくの帝国などかすんでしまうほどの大帝国を。生活面、芸術面、崇高さ、すべてにおいて、ずっと立派な――」

「わたしたちはね、いま、ここに生きているのよ!」涙を流さぬまま泣きそうになるのをこらえて、チェイニーは訴えた。「それに……もうあまりない気がするの……時間が」

「ぼくらには永遠があるじゃないか」

「あなたには永遠があるかもしれない。でも、わたしにはいましかないんだもの」

「いいや、いまのこれが永遠なんだ」ポールはそういって、チェイニーの額をなでた。

チェイニーは夫をひしと抱きしめ、首筋に唇をあてがった。からだを押しつけたことで子宮が刺激されたのだろう、胎児が動くのが感じられた。

ポールも胎動を感じとったと見えて、片手をチェイニーの腹にあて、子供に語りかけた。

「宇宙の小さな支配者よ——きみの時代を待っていておくれ。この時代はぼくのものだ」

このひとはなぜ、いつもおなかの中の子がひとりであるかのように語りかけるのだろう。医師たちから聞いていないの？　記憶をたどってみたところ、不思議なことに、ふたりのあいだでこの話題が出たことはいちどもなかった。おなかにいるのが双子であることを、まさかこのひとは知らないのでは……。いまにもその件を切りだしそうになったものの、寸前でためらった。このひとは知っているにちがいない。このひとはなんでも知っている。わたし自身についてもそう。知らないことはなにもない。このひとの両手、このひとの口——このひとのすべてがわたしのことを知りつくしている。

ややあって、チェイニーはいった。

「そうね、あなた。これは永遠……これは現実」

チェイニーはぎゅっと目をつむった。ポールの黒々とした眼窩を見れば、魂が天国から地獄にまでも引き延ばされてしまいそうな気持ちに陥る。それを回避するためだ。たとえポールがリハーニの魔法で自分たちと子供たちの生命を暗号化できるにしても、ポールの肉体自体は現実のものであり、その愛撫を拒む気にはなれない。

まもなく開かれる評議会に備えて着替えようと立ちあがり、チェイニーはいった。

「みんながあなたの愛情深さを知っていればいいのに……」

だが、ポールの気分は変化していた。

「愛情の上には政治を築けない。人々は愛情になど興味を持たないんだ。愛情に基づいた政治は著しく秩序に欠ける。それくらいなら、人々はむしろ専制政治を選ぶ。いきすぎた自由は無秩序をもたらすが、それは許容しがたいと考えるのさ。そうだろう？　しかし、どうすれば専制政治を愛情豊かなものにできるというんだ？」

「あなたは専制君主なんかじゃないわ！」スカーフを結びながら、チェイニーは否定した。

「あなたの法は公正なものよ」

「なるほど、法か」ポールは窓の前に歩いていき、掛け布を引きあけた。そうすれば外が見えるかのように。「法とはなんだ？　管理の道具か？　法は無秩序を濾過《ろか》して、あとになにを残す？　平穏をもたらすものか？　思うに法とは——人類のもっとも気高い理想ともっとも忌むべき性質を体現するものだ。法をあまりつぶさに見てはいけない。つぶさに見ようものなら、合理的な解釈、法的な詭弁《きべん》、御都合主義に目がいってしまう。なるほど、そこには平穏も見つかるかもしれない。だが、別のことばに言いかえれば、その平穏とは死だ」

チェイニーは口を引き結んだ。夫の知恵と聡明さは否定のしようがない。しかし、いまポールが発散させている雰囲気には恐怖すらおぼえる。ポールはいま、自分自身の内面と向きあい、自分自身と戦っているのだ。まるでフレメンの基本的方針のひとつ、〝断じて許さぬ！　断じて忘れぬ！〟を自己に向けて、自分自身を鞭打つかのように。

チェイニーは夫のそばに歩みより、ポールごしにななめの角度から窓外を眺めやった。朝を迎えて気温があがりはじめ、〈防嵐壁《ぼうらんへき》〉で保護されたこの北部一帯から南へと北風が吹きだしている。北風は黄土色の砂塵雲を無数にたなびかせ、きらめく結晶質の膜を押し広げて、金色と赤色の膜がせめぎあう奇妙な空を作りだしていた。気温の低い高空では、北風が〈防嵐壁《ぼうらんへき》〉にぶつかり、盛んに砂塵を巻きあげているのが見える。

ポールはすぐそばにチェイニーのぬくもりを感じとり、幻視の視野にはいったん忘却の掛け布を閉めた。こうすることによって、目をつむったまま立っているのも同然となった。

だが、〈時〉はポールに配慮して進行をとめてはくれない。ポールは暗黒を――光なく、星なく、涙なく、ただ暗いだけの世界を受け入れた。暗黒は万物の実体を融かしてゆき、あとに残ったものは、驚愕――音のみの世界がいかに勝手を狂わせるのかという発見への驚きだけとなった。周囲の万物は聴覚のみでとらえられ、それを手で触れてみてはじめて実体を取りもどす。掛け布もそうだった。そして、チェイニーの手も……。気がつくと、ポールはチェイニーの呼吸の音に耳をすましていた。

予知された事象がじっさいに起こるかどうかは、そのときになってみないとわからない――そんな不確実なものをどこまで考慮すべきだろうか、とポールは自問した。ポールの精神は、そういったあやふやな幻視の記憶を大量にかかえている。現実となって確立する一瞬一瞬は並行する可能性を無数に含むが、現実化したもの以外の可能性は、みな無為に消えてしまう定めにあった。自分の中にある不可視の自我は、そういった可能性の徒花《あだばな》を数かぎりなく記憶しており、その圧倒的な重みはしばしば現実を押しひしぎそうになる。

チェイニーが腕にもたれかかってきた。

そうやって触れてもらうことで、自分の肉体が意識された。自分は〈時〉の渦中に巻きこまれ、すでに死んでいて、永遠をかいま見た数々の記憶は腐臭を放っているありさまだ。永遠を見るということは、永遠の気まぐれにさらされ、無限の並行次元にのしかかられることにほかならない。啓示がもたらす偽りの不死性は相応の報いを要求する。なにしろ、過去と未来が同時に存在することになるのだから。

いまふたたび、幻視は昏い窖《くら　あなぐら》の底から頭をもたげ、ポールを呪縛した。幻視は目だ。筋肉を動かすのも幻視だ。幻視によってつぎの瞬間へ、つぎの一時間へ、つぎの一日へと導かれるうちに……ついには自分があらゆる時間に遍く《あまね》存在しているように感じだす！

「そろそろよ、いかないと」チェイニーがうながした。「指導者《ナイーブ》の評議会が……」

「アリアがぼくに代わって仕切ってくれるさ」

「アリアにはすべきことがわかっているの？」

「わかっているとも」とポールは答えた。

アリアの一日は、私用区画の下方に広がる儀式用広場へと衛士の一隊が踏みこんでくる騒ぎではじまった。アリアは上階から狂騒的な混乱を——怒声飛びかう現場を見おろした。ようやく事態が判明したのは、衛士たちが連行している検挙者がだれかに気づいてからだ。それはコルバ——あの讃辞起草者だった。

朝の身支度をするあいだ、アリアは折にふれて窓辺に立ち、下で進行するわずらわしい騒ぎの状況を眺めた。見おろすたびに、目がコルバにいってしまう。アラキーンの戦いで第三波を指揮した当時の、あの荒っぽいひげづらの戦士を思いだそうとしたが……不可能だった。いまのコルバは華美に飾りたてた洒落者以外の何者でもない。まとっているのは仕立ての洗練されたパラート産シルクのローブで、腰の位置までも前が開き、ひだ襟にはしみひとつなく、刺繍を施したアンダーコートには緑色の宝石がたくさん縫いつけてある。腰には紫色のベルトを締めていた。ローブのスリットから出た袖の生地は、畝織《うねお》りにしたダークグリーンと黒のベルベットだ。

何人かの指導者《ナイーブ》が立ち会っているのは、同朋のフレメンに対する処遇を確認するためにちがいない。騒ぎに気づき、指導者《ナイーブ》が集まっている〈大天守〉内の大評議室をあとにして、コルバのようすを――当人は興奮した口調で無実だと叫んでいる――見にきたのだろう。アリアは指導者《ナイーブ》たちの顔を順に眺め、かつての精悍きわまりない容貌を記憶から拾おうとしたが、過去は現在に塗りつぶされていた。どのフレメンも享楽主義者の顔に――それも、ほとんどの人間には想像することもできない快楽を享受する者の顔に――なってしまっている。

加えてどの指導者《ナイーブ》も、背後の扉へ頻繁に不安の視線を投げかけていた。あの扉を通って通路を進めば、ムアッディブ臨席のもとで指導者《ナイーブ》評議会が開かれる大評議室にたどりつく。ムアッディブが目を失ってもなお視力を保持していることが――その神秘的な力の新たな顕現が——不安でしかたないのだ。フレメンの掟では、盲いた者は砂漠に捨て去り、その水分をシャイー＝フルードに捧げねばならない。それなのに、目のないムアッディブには指導者《ナイーブ》たちが見えている。加えてフレメンは建物をきらい、地面の上に建てられた屋舎の内部では無防備に感じる。岩場に切りだした適切な洞窟の中でならくつろげるものの——ここにそんなものはない。そのうえさらに、ただでさえ居心地の悪い建物の中にあって、あの新生ムアッディブと面と向かわねばならないとあれば、それは不安にもなるだろう。

一階の大評議室に降りていくため、窓に背を向けたとき、戸口付近のテーブルに置いてある手紙に目がとまった。母から届いた最新の手紙だった。ポールの出生星として、惑星カラダンは格別の敬意を払われている。にもかかわらず、レディ・ジェシカは断固として、あの惑星を巡礼《ハッジュ》の立ち寄り先に認めようとはしない。

手紙にはこうつづられていた。

〝息子が歴史に変革をもたらす人物であることはまちがいありません。ですが、だからといって、野放図な侵略戦争を正当化する理由にはなりません〟

手紙を手にしたアリアは、母とじかに相互接触したかのような、奇妙な感覚をいだいた。

この手紙は母の直筆になるものだ。手紙というものは、きわめて古典的な伝達手段ながら――こと個人的な思いを伝える力にかけては、ほかのどんな記録方式もまねができない。文章自体はアトレイデス家固有の戦闘言語で書いてあるため、たとえ運ばれてくる途中で中身を盗み読まれたとしても、内容を知られる恐れはほとんどなかった。

母のことを思うと、いつも心の中にもやもやしたものが渦を巻く。母の胎内にいたとき、香料《スパイス》の変質で母娘《おやこ》の精神が入りまじり、そのためアリアは、ポールのことを自分が産んだ息子のように感じることがある。それに、母との融合感がもたらす同一コンプレックスによって、父が恋人のように思えることもある。さらには、肉親だけにかぎらず、アリアの心の中にはさまざまな可能性を持つ先人たちの影が亡霊のように潜んでいる。

警衛の女性衛士たちが待機する控えの間へと向かうべく、傾斜路を降りていきながら、アリアは母からの手紙にあらためて目を通した。

〝あなたたちは致命的な自己矛盾を生みだしています。政府とは、宗教的でありながら、かつ専制的なものであってはなりません。宗教的な経験には自発性が必要となりますが、法とは必然的に、その自発性を抑制するもの。たしかに、法なくして統治は不可能です。けれど、あなたたちの法は遠からず、徳性に、良心に、さらには、あなたたちが政治的に支配しようとしている宗教にも取って代わるでしょう。聖なる儀式は称賛と聖なるものに対する熱望の上に成立するものであり、それは重要な徳性を生みだします。かたや政府は文化の上に成立する有機的組織体であり、とりわけ、疑念、疑問、論争を招きやすいもの。わたしには、もういまにも、信仰が虚礼に、徳治主義が法治主義に取って代わられる日がこようとしているように思えてなりません〟

控えの間では、香料《スパイス》入りコーヒーの馥郁《ふくいく》たる香りがアリアを出迎えた。アリアが入っていくと、待機していた四人の女性衛士がさっと気をつけの姿勢をとった。四人とも、警衛任務用の緑ローブを着用している。先に立って進むアリアの後方についた四人はみな若く、堂々たる足どりで歩き、絶えず周囲に鋭い目を配って警戒怠りない。戦闘狂めいた顔には、アリアに対する恐怖がまったく見られなかった。四人が放射しているのはフレメン特有の暴力的オーラだ。全員、罪悪感をいだかずに平然と人を殺すこともできる。

（その点、わたしは毛色ちがいね）とアリアは思った。（アトレイデスの名は、みずから人を殺さなくても、すでに血にまみれているもの）

事前に先触れがなされており、アリアが一階の通路に姿を見せたとたん、待機していた小姓が奥へ駆けだしていった。大評議室警備の衛士隊にアリアの入来を告げ、いっそうの警戒をうながすためだ。この長い通路は窓がなく、全体が薄闇に閉ざされている。光源は光度を絞ったわずかな照明球しかない。通路の突きあたりには、外の儀式用広場に通じる両開きの扉がある。唐突に、その扉が開け放たれ、まばゆい陽光の箭《や》が射しこんできた。ついで、左右から衛士にはさまれたコルバが、外光を背にして浮かぶシルエットとなり、通路に入ってきた。

「スティルガーはどこ？」アリアはたずねた。

「すでに評議室におられます」女性衛士のひとりが答えた。

アリアは先に立ち、通路に面する大評議室の中へ入っていった。ここは〈大天守〉でもとりわけ大仰な会議室だ。室内に入ったアリアのうしろ、通路側の壁には、端から端までバルコニー状の階段席が設けられ、柔らかなクッションを敷いた評議員席がならんでいる。バルコニーの向かい側、アリアの正面の壁には背の高い窓が連なっていて、オレンジ色の部厚いカーテンがあけてあり、そこから明るい陽射しがさんさんと射しこんでいた。窓の外に見えるのは庭園と噴水だ。窓に向かって右側、近いほうの壁の前には台座が設けられ、そこに一脚の大きな椅子が置いてあった。

その椅子へと歩いていきながら、アリアはバルコニー席のようすをつぶさに観察した。席は指導者《ナイーブ》たちでいっぱいだった。

バルコニー席の下にはオープンスペースが設けてあり、そこには帝室直属の衛士たちがひしめいていた。衛士たちのあいだを歩きまわっているのはスティルガーだ。歩きながら、ここではひとことささやき、あそこではっきりと聞こえる声で命令している。アリアが入室したことに気づいたようすは見せていない。

ここでようやく、コルバが室内に連れてこられ、台座の手前にある低いテーブルの前の、床に置かれたクッションの上に引きすえられた。身なりこそ上等ではあるが、いまや讃辞起草者は、寒さをしのぐためにローブの前をかきよせた老人――憔悴《しょうすい》し、むっつりとした老人にしか見えない。その背後に、ふたりの衛士が立った。

アリアが壇上の椅子にすわると、スティルガーが近づいてきた。

「ムアッディブはいずこに?」

「にいさまに遣わされてきたの」アリアは答えた。「教母としてこの場を主宰せよと」

バルコニー席についた指導者《ナイーブ》たちのあいだから、抗議の声があがりだした。

「静粛に!」アリアはぴしりと命じた。突如として訪れた静寂の中、アリアはつづけた。

「ことが生と死にかかわるとき、教母が評議を司《つかさど》るのは、フレメンの掟ではないのか」

そのことばの重みが浸透すると、表立って反対する指導者《ナイーブ》はいなくなったが、何列にもならんだ顔に怒りの表情が刻まれていくようすが見てとれた。評議をはじめるに先だって、アリアは心の中で指導者《ナイーブ》の名を順に確認した。ホウバーズ、ラジフィーリ、タスミーン、サージド、ウンブ、レッグ……。名前が示すとおり、みな〈デューン〉の各地を代表する者たちだ。ウンブの群居洞《シエチ》、タスミーンの陥没地、ホウバーズの裂け目……。

ここでアリアはコルバに注意を向けた。

アリアが自分に顔を向けるのを見て、コルバはあごをつきだし、無実を訴えた。

「臣《しん》はなにもしておりません」

「スティルガー、罪状を読みあげよ」アリアは命じた。

スティルガーは茶色い香料紙《スパイス》の巻物を取りだし、低いテーブルに向かって進み出ると、罪状を列挙しだした。独特の抑揚を秘めた厳粛な口調は、辛辣で明瞭で、高潔そのものの響きをともなっていた。

「ひとつ、叛逆者らと共謀し、われらが主君にして皇帝陛下を弑《しい》し奉らんと企みしこと。ひとつ、われらが帝国内の多様な敵どもと奸悪《かんあく》なる密談を重ねしこと。ひとつ……」

コルバは心外さと怒りの入りまじった表情を浮かべ、ずっとかぶりをふりつづけている。

アリアは沈鬱な面持ちで罪状の列挙を聞いていた。頭を左にかたむけて、左のこぶしであごを支え、右腕は椅子の肘かけにのせている。じきに、形式的に読みあげられる内容の一部が意識からこぼれ落ちはじめたが、これは心中の胸騒ぎに気をとられていたためだ。

「……尊ぶべき伝統をないがしろに……帝国全域における各軍団と全フレメンへの支援を……定法《じょうほう》に則《のっと》り、暴力には暴力でもって応え……帝国臣民の大多数は……ここにすべての権利を剝奪し……」

茶番ね、とアリアは思った。茶番だわ！　断罪のすべてが——茶番……茶番……茶番でしかない……。

スティルガーが列挙をおえた。

「以上をもって、審問のための罪状告知をおえる」

しばしの静寂ののち、コルバが両手で自分の両ひざをつかみ、ぐっと身を乗りだした。首筋に血管を浮きあがらせ、いまにも飛びあがりそうな剣幕だ。上下の歯のあいだで舌をひらひらと動かしながら、コルバは必死に弁明した。

「言行ともに、臣がフレメンの誓いを破ったことなど、ただのいちどとてありません！　臣を告発した者との対面を求めます！」

(簡潔にして要を得た抗弁ね) とアリアは思った。

じっさい、指導者《ナイーブ》たちに訴える効果は大きかったようだ。指導者《ナイーブ》は全員、コルバをよく知っている。コルバも指導者《ナイーブ》であり、フレメンの勇気と用心深さを証明した者でなければ指導者《ナイーブ》にはなれない。たしかにコルバは頭の切れる男ではないが、信用が置ける。聖戦《ジハード》を主導するに足る器ではないだろうが、支援活動を取りしきる仕事にはうってつけの人物だ。戦士にこそ向いてはいないものの、古くから受け継がれるフレメンの価値観は尊重する。その価値観の典型が部族第一主義だった。

ポールから聞かされたオシームの辛辣なことばが、アリアの心中を駆けめぐった。おもむろに、評議員席を見まわす。あそこには、自分がコルバと同じ立場に立たされる可能性に肝を冷やしている者がいるだろうし——じっさい、立たされるだけのことをしている者もいるはずだ。しかし、陰謀に加担していない指導者《ナイーブ》にしても、加担している者に劣らず危険であることはまちがいない。

それはコルバも感じているようだった。

「臣を告発したのは何者です？」コルバが問うた。「臣には告発者と対面するフレメンとしての権利があります」

「〝告発者〟はおまえ自身といえるかもしれぬ」とアリアはいった。

隠すひまもなく、神秘的な恐怖がコルバの顔をよぎった。だれの目にもそれは明らかで、一同はきっと、こう思っただろう。

〝その力によって、アリアはみずからコルバを告発したのではないか——経典にある影の領域——アラム・ル＝ミサールに犯罪の証拠を見つけたといって〟

「フレメン内に、われらが敵に内通する者どもがいる」アリアはさらに締めつけを加えた。「敵はその内通者どもを利用して、頻々《ひんぴん》と破壊工作を仕掛けてきている。導風器の破壊、砂漠を貫く灌漑用水路《カナート》の爆破、植栽への枯死剤撒布《さんぷ》、溜池からの水掠奪……」

「……そしてついに、砂漠から蟲《ワーム》を盗みだし、外世界へ運びだす暴挙に出た！」

突然割って入ったのは、だれもがよく知る声だった。この声の主は――ムアッディブだ。声のしたほうを見ると、通路に通じている戸口からポールが姿を現わしたところだった。即座に道をあける衛士たちのあいだを通りぬけ、ポールはアリアのもとへ近づいてきた。そばにはチェイニーもついている。

「わが君《ム・ロード》」スティルガーが出迎えた。が、ポールの顔を正面から見ようとはしていない。

ポールはぽっかりと黒い眼窩を評議員席に向けてから、コルバに向きなおった。

「どうした、コルバ――余に対する讃辞はないのか？」

評議員席でざわめきが湧き起こった。それはしだいに大きくなっていき、会話の内容が断片的に聞きとれるまでになった。

「……盲《めしい》の掟……フレメンの流儀では……砂漠に……破った者は……」

「余を盲といった者はだれだ？」ポールは評議員席に顔を向け、語気を強めて詰問した。

「おまえか、ラジフィーリ？　きょうは金色のローブだな。その下の青いシャツが街路の砂塵をかぶっているのも見えるぞ。身なりに無頓着なのは相変わらずか」
ラジフィーリは非難をかわそうとするかのように、三本の指で邪悪を払うしぐさをした。
「その指はおまえ自身に突きつけろ！　邪悪の巣食う場所はもうわかっているのだぞ！」
ポールはラジフィーリを一喝し、コルバに顔を戻した。「自分は内通者でございます、と
その顔に書いてあるな、コルバ」
「臣は内通者ではございません！　たしかに内通者と接点はありますが、臣自身は……」
ことばの途中でコルバはいいよどみ、評議員席に怯えた顔を向けた。
ポールの合図を受けて、アリアは立ちあがり、椅子を離れて台座の下に降りると、床の
テーブルにつくコルバに歩みよった。そして、一メートルと離れていない距離で足をとめ、
黙《もく》したまま、険しい目でコルバを見おろした。
アリアの視線に射すくめられてコルバは動揺し、またも評議員席に不安の視線を向けた。
「さっきから、評議員席にいるだれの目を気にしているのだ？」ポールが問うた。
「そんな……見えるはずがないのに！」コルバが思わず口走った。
つかのま、ポールはコルバに哀れをもよおしたが、すぐにその気持ちを抑えた。この男、
大評議室に集う全員と同じく、幻視の罠にしっかり掛かっている。幻視の視点からすれば、
この男がしているのは果たすべき役割を演じることであり、それ以上のものではない。

「おまえを見るのに目などいらぬ」ポールは答えた。

そして、コルバの一挙手一投足、怯えた動作のひとつひとつを列挙し、評議員席につく者たちへ向ける警戒した顔、嘆願するような顔についてもつぎつぎに形容していった。

コルバの絶望が膨れあがっていくのが感じられた。

そのようすを見ていたアリアは、この男がいまにも屈伏する寸前だと判断した。じきにコルバは口を割る。評議員席にいる内通者たちは覚悟したほうがいい。内通者はだれだ？　指導者《ナイーブ》ひとりひとりの顔を眺めるうちに、隠そうとしても隠しきれない感情が見てとれた

……怒り、恐怖、不安……そして罪の意識。

ポールが列挙をおえて沈黙した。

コルバはなけなしの気概をふりしぼり、ポールにたずねた。

「告発者はだれなのでございましょう？」

「オシームよ」アリアが横から答えた。

「オシームは死んだはずだ！」

「どうやってそれを知った？」ポールが語気を強めた。「おまえの秘密工作網経由でか？　ああ、答えなくともよい！　おまえが使う間諜と密使どもについては調べがついている。タラーヘルからここへ強装型の岩石昇華発破《ストーン・バーナー》を持ちこんだのが何者かもな」

「あれは聖職省《クィザーリット》を防衛する目的で！」コルバが反射的に答えた。

「聖職省《クィザーリット》を防衛する目的で、叛逆者の手にわたしたのか？」

「盗まれたのです。われわれは……」

コルバはいいよどみ、ごくりとつばを呑みこんだ。左右に視線をさまよわせる。ついで口を開き、先をつづけた。

「臣がムアッディブへの愛を唱える声であることはだれもが承知の事実でありましょう」

そこでまた評議員席を見あげ、ふたたびポールに訴えかけた。

「オシームが、死人が、どうやってフレメンを告発できるとおっしゃるのです」

「〝オシームの声〟は死んではいないもの」

答えたのはアリアだったが、ポールにそっと腕をつかまれ、その先を呑みこんだ。

「オシームは余に〝声〟を送ってきた」ポールはいった。「それによって、陰謀加担者の名前、叛逆行為の詳細、会合の場所と日時が判明した。気づかぬか、コルバ？　あそこに居ならぶ指導者《ナイーブ》評議会の面々には、いくつか欠けた顔がある。メルクールとファーシュはどこだ？　〈足弱のケーケー〉もきょうは姿を見せておらぬ。それにタキーム、あの男はどこにいる？」

コルバは大きくかぶりをふるばかりだった。

ポールはつづけた。

「いま名をあげた者どもは、盗んだ蟲《ワーム》を携えてアラキスを逐電《ちくでん》した。たとえおまえを解放してやったとしても、コルバよ、これまで関与してきた咎《とが》により、シャイー＝フルードはおまえの水分を摂取することになろう。しかし、解放はせぬ。なぜかわかるか、コルバ？　視力を奪われた者たちのことを考えてみるがいい。余と異なり、犠牲者たちはもはや目が見えぬ。そして、あの者たちには家族がいるし、友人もいる。その者たちから、はたして隠れおおせると思うか、コルバ？」

「あれは事故だったのです」コルバは嘆願した。「それに、被害者には〈トレイラクスの目〉が……」

そこまでいって、ふたたびコルバは黙りこんだ。

「金属の目にどれほど大きな制約があるかわからぬのか？」ポールは問いを重ねた。

評議員席の指導者《ナイーブ》がざわざわと意見を交わしはじめた。手で口元を隠し、なにごとかを語りあっている。コルバを見る眼差しは一様に冷たくなっていた。

「聖職省《クィザーリット》を防衛するために、とおまえはいうが」ポールはコルバの嘆願に話題をもどし、絞りだすようにいった。「あれを兵器に転用する場合、一個の惑星を破壊するか、付近にいる者の視力を奪う聖戦線《ジハードレイ》を放つか、用途はふたつにひとつだ。そんなものを、コルバよ、おまえはどうやって防衛に使うつもりだったのだ？　聖職省《クィザーリット》はすべての観察者の目を奪うつもりだったのか？」

「好奇心だったのです、ム・ロード」コルバは嘆願した。「古法によって、核兵器として使えるものを持てるのが領家だけであることは――そのことは重々承知しておりましたが、聖職省《クィザーリット》が従ったのは……従ったのは……」

「おまえにだ、従ったのはな。まさしく、おまえの好奇心に従ったのだ」

「臣を告発するものが声だけであるとすれば、その声を聞かせていただかねば！　それはフレメンの権利です」

「たしかに、そのとおりです、陛下」スティルガーがいった。

アリアはきっとスティルガーをにらんだ。

「掟は掟でありますれば」

アリアから無言の抗議を感じとったスティルガーは、いったんそう答えたのち、必要に応じて自分の見解も交えながら、関係するフレメンの掟を引用しはじめた。

アリアはといえば、掟が引用される前からスティルガーのことばが聞こえているような、奇妙な感覚を経験していた。スティルガーはこんなにも相手の口車に乗りやすい男だっただろうか。いまのスティルガーはかつてなく役人的・保守的で、フレメンの掟に拘泥しているように思える。あごを攻撃的に突きだしているし、口調もきつい。このとんでもなく不遜な態度は、はたして本心からのものなのか、それとも……？

「コルバはフレメンであり、フレメンの掟で裁かれねばなりません」

そういって、スティルガーは口舌《こうぜつ》を締めくくった。

アリアは庭園に面する窓に向きなおった。射しこむ陽光の落とす影が短くなっている。それに気づいて、もどかしさがつのった。審問はずるずると引き延ばされ、とうに午前もなかばを過ぎている。これからどんな方向へ審問を持っていくつもりなのか？　コルバはすっかり気を抜いているらしい。讃辞起草者の態度は、自分は不当な糾弾を受けている、自分の行ないはすべてムアッディブに対する愛のためだったといわんばかりだ。その顔が小ずるいうぬぼれの表情を帯びはじめていることに気づき、アリアは愕然とした。

たぶんコルバは、スティルガーから支援メッセージを受けとったつもりでいるのだろう。その態度は、〝仲間たちが〝踏んばれ！　もうじき助けがくるぞ！〟と叫ぶ声を聞いた男のそれだった。

ついさきほどまで、告発する側はこの審問の主導権を完全に掌握しているかに見えた。あの矮人の情報により、他の指導者《ナイーブ》たちが陰謀に関与していたこと、情報提供者の名前、その他の決定的な証拠がひととおりそろっていたのだから。だが、断罪の瞬間は失われてしまったように思える。

(この流れはスティルガーの独断？　いいえ、そんなはずはないわ)

アリアはスティルガーに向きなおり、老フレメンをじっと見つめた。

スティルガーはたじろぐようすもなく、その視線を受けとめてみせた。

「ご苦労だった、スティル」ポールがいった。「あらためての掟説明、礼をいう」

スティルガーは会釈し、ふたりに近づいてくると、ポールとアリアだけが読める形で、声には出さず、口だけを動かしてこう伝えた。

(やつからは徹底的に水を絞りとってやります。あとのことはおまかせあれ)

ポールはうなずき、コルバの背後に立つ衛士たちに合図した。

「コルバを厳戒独房に収監せよ。弁護人を除き、いっさいの接見を禁じる。弁護人には、このスティルガーを指名する」

「でしたら、臣の顧問弁護士を！」コルバが叫んだ。

ポールはくるりとコルバに向きなおった。

「おまえはスティルガーの公正さと分別を否定するのか」

「い、いいえ、そんな、ム・ロード、しかし……」

「連れていけ！」ポールは大声で命じた。

衛士たちがクッションから強引にコルバを引っ立たせ、大評議室の外へ連行していった。またもやざわめきながら、指導者《ナイーブ》たちが席から立ちあがりだす。バルコニーの下から従者たちが出てきて、窓の列の前にいき、オレンジ色のカーテンを閉めにかかった。まもなく大評議室はオレンジ色の薄闇に沈んだ。

「ポール」アリアは兄に声をかけた。

「われわれが暴力に訴えるのは」ポールは答えた。「事態を完全に制御下に置いたときに限定する。助かったぞ、スティル。役目をみごとに果たしてくれたな。アリアは確実に、コルバとつながりのある指導者《ナイーブ》を見ぬいたはずだ。あの状況では、顔に本心を出さずにはすまなかったろう」

「ふたりしてあの絵図を描いたというの？」

「あの場でコルバの即時処刑を命じたとしても、指導者《ナイーブ》たちにも否やはなかったろうが」ポールは説明した。「正当な法的手続きを優先し、フレメンの掟には配慮せずに裁断してしまおうものなら――指導者《ナイーブ》たちは生得の権利を脅かされていると感じただろう。アリア、通じていたのはどの指導者《ナイーブ》だった？」

「ラジフィーリは確実」低い声でアリアは答えた。「それに、サージドも。でも……」

「該当する者全員のリストをスティルガーに渡してくれ」

アリアはごくりとつばを呑みこもうとしたが——口の中がからからに渇いていることに気づいた。人々がいまのポールにいだいている恐怖を共有したからだ。目もなしに人々のあいだを歩ける理屈は知っている。が、そのためには現実と精密に同調する必要があり、そんな芸当を兄がこなしているのかと思うと、鳥肌が立った。現実の人物の姿に、幻視で観た記憶の姿を重ねて見るなんて！　ポールはアリアの存在も恒星時におけるきらめきとしてとらえており、現実のアリアと幻視で観た記憶のアリアは、完全にポールのことばと行動に準拠して同調している。ポールはすべての他者を、幻視という掌《たなごころ》の上に載せているのだ！

「すでにもう、朝の謁見がはじまる時間を過ぎております、陛下」スティルガーがいった。

「おおぜいの者が好奇心をいだき……怖い思いをしておりますれば……」

「おまえも怖いか、スティル？」

ささやきにちかい声で、スティルガーは答えた。

「はい」

「おまえはわたしの友人だ。わたしを怖がる理由はひとつもない」

スティルガーはごくりとつばを呑みこんだ。

「まことに、ム・ロード」

「今朝の謁見はここで行なう予定だったな。アリア、謁見はおまえにまかせる」ポールは宰相にうながした。「スティルガー、合図を出せ」

スティルガーは指示にしたがった。

ややあって、両開きの大扉のあたりでちょっとした騒ぎが起こった。薄暗い大評議室の外に詰めかけていたおおぜいの嘆願者をかきわけ、あいたスペースを通って、廷吏たちが入室してきたのだ。その後はいちどきにいろいろなことが起こった。押しよせる嘆願者の群れを押し返し、突き飛ばす衛士隊、それを突破しようとする派手なローブを身につけた嘆願者たち、飛びかう怒号と罵声——。嘆願者たちは手にした謁見許可書をふりかざしている。その謁見者たちに先立って、衛士たちが設けた隙間から、謁見担当の廷吏が大股に入ってきた。手にしているのは帝座へ伺候《しこう》を許された者の一覧表だ。廷吏は痩せぎすだが屈強なフレメンの男で、名前をテクルーベといい、けだるげなシニシズムをただよわせ、これみよがしに頭を剃り、口髭をたっぷりとたくわえた男だった。

アリアはそんなテクルーベの前に立ちはだかり、ポールがチェイニーとともに、台座の背後にある帝室用通路へ出ていく時間を稼いだ。露骨な好奇の目でふたりの後ろ姿を追うテクルーベに、しばし不信の念をいだいたからである。

「本日はわたしが兄の代理を務める」アリアはテクルーベにいった。「一度にひとりずつ、嘆願者を通せ」

「かしこまりました、姫殿下《ム・レディ》」

テクルーベはアリアに答え、受付の整理をするため、嘆願者の群れに向きなおった。

まさにそのとき、スティルガーが声をかけてきた。

「……これまでアリアさまは、兄君の意図を読み誤られることがなかった――と記憶しておりますが」

「気をとられていたのよ」アリアは答えた。「あなたのほうこそ劇《ドラマティック》的な変わりようね、スティル。なにがあったの？」

スティルガーは愕然とし、居ずまいを正した。人は変わる。しかし、ドラマティック？ つまり、芝居がかっているだと？ 自分についてこうも特異な判断を突きつけられたのは、スティルガーもはじめてだった。芝居というやつは胡乱《うろん》なものだ。外世界から流れてきた芸人ども――忠誠心が疑わしく、倫理はもっと疑わしいあの連中の言動は、たしかに芝居がかっている。帝国の敵たちは移り気な大衆《クィザーリット》を籠絡《ろうらく》するために芝居を利用する。コルバがフレメンの倫理から逸脱したのも、聖職省の利になるよう、ひと芝居打ったからだった。その報いとして、あの男はもうじき死ぬ。

「なにやらヘソを曲げておられるようだが」スティルガーはアリアにいった。「わたしが信用できぬとおっしゃるのですか」

どこか悲しげな物言いに、アリアは表情をやわらげはしたものの、口調はなおもきついままで、こう答えた。

「あなたを信用しないわけがないでしょう？　それはよくわかっているはずよ。ひとたびスティルガーに託した案件は、もう忘れてしまっていい――にいさまとはその線で合意ができているんだもの」

「ではなぜ、わたしが……変わったと？」

「ことしだいによっては、あなた、にいさまに背く腹を固めているでしょう。あなたの顔にはその覚悟が読みとれるわ。わたしとしては、あなたがにいさまと共倒れにならないことを祈るのみね」

嘆願者と請願者の群れの中から、最初のひとりが近づいてきた。スティルガーになにもいうひまを与えず、アリアはくるりと背を向けた。しかし、そのまぎわ、スティルガーの顔には、母が手紙で懸念していた変化が表われているように感じられた。すなわち、徳政主義と法治主義の交替だ。母のことばを借りるなら――。

〝あなたたちは致命的な自己矛盾を生みだしています〟

ティバナはソクラテス学派キリスト教の弁証論学者であった。おそらくアンバス第四惑星の市民で、コリノ朝創立より八、九世紀前の時代の――重祚《ちょうそ》したダラマク帝時代の人物であったと推測される。彼の著述のうち、いまも残るのは、左記の文章を含む断片にすぎない。

「あらゆる人間の心は同じ曠野《あらの》に在る」

――『イルーランのデューン史伝』より

「おまえがビジャーズだな？」監視下に置かれた矮人《こびと》が収まる小部屋へ入っていきながら、偶人《ゴウラ》は声をかけた。「わたしはヘイトと呼ばれる者だ」

小部屋の外には、昼番の見張りと交替し、夜番につくためにやってきた、屈強な衛士の一団も同行している。外庭を横切ってくるあいだ、日暮れどきの強風に乗った砂塵に頬を打たれ、目をしばたたきながら大急ぎで構内に駆けこんできた衛士の一行は、いまは外の廊下でジョークを言いあいながら、張り番交替の儀式を行なっているところだ。

「あんたはヘイトなんかじゃないぞ」矮人はいった。「あんたはダンカン・アイダホさ、おれもその場にいたんだからな。死んでるあんたの亡骸を、変生胎《アホロートル》タンクに入れたとき。やっぱりその場にいたんだぜ。あんたの蘇生がぶじすんで、訓練をする段になり、変生胎《アホロートル》タンクから出したときにもだ」

偶人《ゴウラ》は口の中がふいに干あがるのをおぼえ、苦労してつばを呑みこんだ。室内を明るく照らす数灯の発光球は、壁にかけられた緑の掛け布のせいで本来の黄色味が薄れて見える。その光は矮人の額に浮かぶ玉の汗を照らしだしていた。ビジャーズは奇妙に完璧な存在に思えた。トレイラクス会により、その矮軀《わいく》に組みこまれた目的が、あたかも皮膚を貫いて放射されているかのようだ。矮人の臆病さと軽薄さの仮面の下には、なにか力強いものが秘められている気がする。

「ムアッディブから訊問をせよ、といいつかってきた。トレイラクス会がここでおまえになにをさせようとしているのかを見きわめてこいとな」

「トレイラクス会、トレイラクス会」矮人は詠《うた》うようにいった。「トレイラクス会なら、おれも仲間のひとりだよ、阿呆！　それをいうなら、あんたもだ」

ヘイトは呆然と矮人を見つめた。ビジャーズはカリスマ的な才気のオーラを放っており、それは見る者に古代の偶像を連想させた。

「廊下にいる衛士隊の声が聞こえるだろう」ヘイトはいった。「わたしがその気になれば、衛士におまえを縊《くび》り殺させることもできるんだぞ」

「いやはや、こいつは参った！」ビジャーズは叫んだ。「なんとも血も涙もない武骨者になっちまったもんだ！　それでよくも真相を探りにきたなんていえたもんだな」

仰々しく騒いでみせる矮人の表情の下には、ひそかな冷静さが隠されていた。ヘイトはそれが気に入らなかった。

「探りにきたのはおまえの未来だけかもしれないぞ」

「うまい！　いい切り返しだ。これでおたがい気心が知れた。ふたりの盗っ人が出会ったときは、意気投合も早いもんさ」

「われわれは盗っ人か。では、なにを盗む？」

「盗っ人ってか、サイコロだな。あんたはここにやってきた、おれの賽《さい》の目を見るために。それならこんどはお返しに、そっちの賽の目を検《あらた》めよう。どれどれ――これはしたり！あんたにゃふたつの顔がある！」

「ほんとうに、わたしをトレイラクス会の変生胎《アホロートル》タンクに入れる場面を見たのか？」

なぜか、これをきくのは気が進まなかったが、それでもあえてヘイトはたずねた。

「さっきもいったろ、ちゃあんとな」ビジャーズは勢いよく立ちあがった。「もっとも、創成にゃかなり手こずったがね。あんたの肉体、なかなか再生しようとしないんだ」

ヘイトはだしぬけに、自分が傀儡師《くぐつし》の精神に操られた夢の中に存在しているかのような感覚に陥った。と同時に、たちまちこの感覚を忘れてしまうのではないか、その傀儡師の精神内にある複雑な働きに搦《から》めとられ、意識から消えてしまうのではないかという危惧もいだいた。

ビジャーズが心得顔で小首をかしげ、ヘイトを見あげたまま周囲を一周しながら、「興奮はあんたの内に眠る生前の人格パターンに火をつける」といった。「あんたはな、探求の対象を見つけたくない探求者なのさ」

「おまえはムアッディブに狙いを定めた武器だろう?」動く矮人を目で追いかけ、自分もその場で回転しながら、ヘイトはきいた。「ムアッディブになにをするつもりだ?」

「なんにもさ!」ビジャーズは立ちどまり、答えた。「ありふれた問いには、ありふれた答えを」

「すると、狙いはアリアさまか。アリアさまが標的なんだな?」

「あの女、外世界じゃあ、ホートと呼ばれてるんだぜ。怪魚のあのホートだよ。しかし、あんたがあの女のことを口にすると、決まって血が騒ぐ音がするのはなぜだろうな？」

「アリアさまはホートと呼ばれているのか……」

ヘイトはつぶやき、なにを企んでいるのか手がかりはないかとビジャーズを見つめた。この矮人、奇妙な受け答えばかりする。

「あの娘、乙女のくせに娼婦でもあるな」ビジャーズはつづけた。「低俗なくせに才気は煥発、寒気がするほど知識が深く、寛容なときには残酷で、考えるときは考えず、なにか造るときの破壊力たるやコリオリの嵐なみときた」

「アリアさまを悪しざまにいうためにここへきたのか」

「アリアを？　悪しざまに？」ビジャーズは壁際のクッションに腰を落とした。「おれがここへきたのはな、あの女の美しさ、それに魅かれた結果だよ」

そういって、にやりと笑った。からだに比して大きな頭が、妙にトカゲじみて見えた。

「アリアさまを攻撃することは、兄君を攻撃することだ」ヘイトはいった。

「明々白々すぎて白けっちまうぜ。正味の話、皇帝と妹はふたりでひとつ、半身は男で、半身は女だ」

「その表現、奥砂漠のフレメンからも聞いたことがある。シャイー＝フルードへの供犠を復活させたのもその者たちだ。なぜ奥砂漠のたわごとをおまえが口にする？」

「これをたわごとといっちまうのかい？　人間であると同時に仮面でもあるあんたがか？　けどまあ、サイコロにゃ自分の出す目を選べない。そいつをすっかり忘れてた。とりわけあんたは出る目の幅も、二倍に増える立場だからな。仕える相手がアトレイデスの、二身《にみ》一体の兄妹さまだ。あんたの感覚、精神ほどには答えに近くないらしいや」

「ムアッディブに関するでたらめを、おまえ、その調子で衛士たちに講釈してるのか？」

ヘイトは低い声でたずねた。自分の精神が矮人のことばに搦めとられている——そんな気がしてならない。

「講釈されてるのはこっちだっての！　しかもあいつら、毎回毎回、祈りやがって。ま、そりゃそうか。だれだって祈りたくなるってもんだ。なにしろおれたちゃ、宇宙がかつて見たなかで、ダントツに危険な被造物の影に生きてるんだからな」

「危険な被造物……」

「あの兄妹だよ。連中のおっかさんだって、この星でいっしょに住んじゃいないだろ？」

「なぜ質問されたことにすなおに答えない？　訊問する方法がほかにいろいろあることは、おまえにもわかっているはずだぞ。いずれかならず答えを聞きだしてやる……なんらかの形でな」

「質問にならもう答えたろうが！　神話というのは現実だ、とおれはいわなかったっけ？

おれは懐《ふところ》に死を呑んで運ぶ魔風か？　ちがうね！　おれはことばだ！　黒闇《こくあん》の天のもと、砂漠から天に駆け昇る霹靂《へきれき》のごときことばだ！　ことばなんだよ。要するにだな、おれはあんたにこういったのさ——〝ランプを消せ！　朝がきた！〟なのにあんたは、こういうばかり——〝ランプをよこせ、暗くて朝だとわからない！〟」

「わたし相手に危険なゲームに興じる気か？　それが禅スンニ派の問答だとわからないと思うのか？　おまえは泥地の鳥のようにくっきりと足跡を残しているんだぞ」

ビジャーズはくっくっと笑った。

「なにが可笑《おか》しい」

「いやあ、おれには歯があるが、なけりゃよかったのにと思ってさ」忍び笑いの合間に、矮人はなんとかことばを絞りだした。「歯がなけりゃ、歯ぎしりもできんだろ？」

「これでようやく、おまえの標的がわかった。おまえの狙いはわたしだな？」

「そしてみごとに射とめたわけさ！　なにしろでっかい標的だ、はずしようがないってなもんさ」ビジャーズは自分にうなずきかけるように、こくこくと頭を縦にふってみせた。

「さてさて、それじゃあひとつ、あんたにお歌を歌ってやろうかね」

矮人はそういうと、ハミングしはじめた。感情に訴えかける、かんだかい音——それが奏でる単調な旋律を、何度も何度もくりかえしだす。

唐突に、ヘイトの身がこわばった。奇妙な痛みが脊髄《せきずい》を駆け昇り、また駆け降りていく。ヘイトは矮人の顔を凝視した。老いた顔から見返しているのは、異様に若々しい目だった。左右の目尻から周囲に向かっては複雑な白い皺のネットワークが広がっており、その先はこめかみの下のくぼみへと消えている。なんと大きな顔だろう！　すべての造作の焦点はすぼめた口にあり、その口からは依然として単調なハミングが流れ出ていた。その音から、ヘイトは古代の儀式を、民族的記憶を、太古の言語と習俗を、記憶に埋もれたつぶやきのなかば忘れられた意味を想起した。ここではいま、なにか深刻な事態が進みつつある――〈時〉にまたがるさまざまな観念が、恐るべき調べに乗って伝達されているのだ。多数の古い観念を取りこんだ矮人の歌。それは遠方に輝くまばゆい光だ。その光が、何世紀にもおよぶ生命の歴史を照らしながら、しだいしだいに近づいてくる。

「わたしに……なにをしている？」あえぎあえぎ、ヘイトはたずねた。

ビジャーズは歌を中断し、答えた。

「あんたはな、楽器なんだよ。あんたを弾いてこい、とおれにご下命があってな。だからこうして弾いている。まずは指導者《ナイーブ》のうち、陰謀に加担しているやつらの名前を明かそう。ビクーロスにカフーイトだ。ジェディーダもいる。こいつはコルバの秘書官だった男さ。アブー・モジャンディスもいるぞ。こいつはバナルジーの副官だ。こうしているいまも、こいつらのだれかがあんたのお大事なムアッディブに刃《やいば》を突きたてているかもしれんな」

そこでビジャーズは、ふたたびハミングをはじめた。

ヘイトは左右に首をふった。口を封じられたかのように、どれだけあがいてもことばを発することができない。

「おれたちは兄弟も同然なのさ」またも単調なハミングを中断して、ビジャーズはいった。「なにしろ、同じ変生胎《アホロートル》タンクで養生された間柄だ。おれが先で、おつぎがあんた」

そのことばを聞いたとたん、ヘイトは顔を歪めた。突如として、金属の眼球が焼けつくような激痛をもたらしたのだ。なにを見ても、明滅する赤い靄《もや》で包まれている。苦痛以外、すべての感覚を封じられてしまったかのようだ。まわりのあらゆるものが、風にたなびく薄物のごとき薄い幕によって隔絶されていた。万物は無生物同士の巡りあわせ――偶然の関わりあいと化した。自分自身の意志は転変する儚《はかな》い虚像となり、もはや自立することをやめて、内なる光としてしか認識されていない。

だが、そんな絶望はかえって意識の明晰さをもたらした。ヘイトは視界をぼやけさせる薄幕を必死になって突き破った。ついで、太陽の光をレンズで一点に集中させるように、ビジャーズの内面に向けて意識の焦点を絞りこんだ。矮人が幾重にもまとった層を意識が切り裂いていく。最外層の下に見えたのは、この矮人がなんらかのエージェントであり、とほうもない知力の持ち主だということだった。次層の下には、目の中に巣食う渇望と、欲望にまみれた化け物の姿があった。そうやって、一層、また一層と貫いていくうちに、とうとう最後に到達したのは、いくつもの象徴によって操られる存在／状況だった。

「おれたちは戦場にいる」ビジャーズがいった。「おまえの役目をいってみろ」

矮人の指示により、声を出せるようになったヘイトは、拒絶の意志を示した。

「わたしにムアッディブを殺せと強制することはできないぞ」

「ベネ・ゲセリットがこんな話をするのを聞いたことがあるんだ」ビジャーズはいった。「確実なもの、均衡のとれたもの、永遠につづくものなど、宇宙のどこにもない――同じ状態が維持されるものはひとつとしてなく、万事は日々、ときには時々刻々と変化する」

ヘイトはことばもなく、かぶりをふるばかりだった。

「あんたはあの愚かな皇帝がおれたちの標的と思いこんでいた」ビジャーズはつづけた。「しかしそれは、おれたちが仕えるトレイラクス会の師父《マスター》たちをまったく理解していないことのあかしだ。航宙ギルドもベネ・ゲセリットも、おれたちが機巧品を提供していると思いこんでいる。だが、そのじつ、おれたちが提供するのは〝道具とサービス〟なのさ。どんなものであれ、おれたちは道具に仕立てられる。貧困でも戦争でも、なんでもござれ。とりわけ戦争は使い勝手がいい。多方面に影響をおよぼせるからな。戦争は世界の代謝をうながす。政府を強化する。遺伝子の系統を拡散させる。この宇宙に、こんなにも大きな影響力を持つものはほかにない。戦争の価値を認識し、指嗾《しそう》する者のみが、思いのままに自主決定権を持てるんだよ」

奇妙におだやかな声で、ヘイトはいった。

「妙な考えを口にする。それを聞いていると、復讐の神を信じてしまいそうになるほどだ。どれほど矯正措置を施せば、おまえみたいな外道ができあがるんだろうな。そこにはさぞ、おもしろい物語があるんだろう。物語のエピローグにいたっては、とびきりおもしろいにちがいない」

「すばらしい！」矮人は声を立てて笑った。「ここで切り返しおったかい。ということは、あんたには意志の力があり、自主的な決定を行なえるということだ」

「わたしの暴力衝動を覚醒させようとしているな？」あえぎながら、ヘイトはいった。

ビジャーズはかぶりをふり、指摘を否定した。

「覚醒はそのとおり。暴力はおかどちがいだ。あんたは先ごろ、自分のことを修行による〝意識の僕《しもべ》〟だとのたもうたそうだが。おれはな、あんたを覚醒させる意識の鍵を持っているんだよ、ダンカン・アイダホ」

「ヘイトと呼べ！」

「いいや、ダンカン・アイダホさ。稀代の殺人鬼。おおぜいの女と浮き名を流した色男。剣士にして兵士。戦場を駆けるアトレイデス家の戦士。ダンカン・アイダホだ」

「死んだ自分の覚醒など為《な》しえない」

「為しえない？」

「為しえた例《ためし》がない！」

「いかにもそのとおり。しかし、おれたちが仕える師父《マスター》たちは、為しえぬことに挑戦する。そしてつねに模索する——為しえぬことを為すための道具を、しかるべき努力の適用法を、適切なサービスを——」

「そういって、本当の目的を隠そうとしているな！　おまえはことばで目くらましの殻をかぶっているだけで、ことば自体にはなんの意味もない！」

「あんたの中にはダンカン・アイダホがいる」ビジャーズは指摘した。「そのダンカン・アイダホを動かすのは感情かもしらんし、感情ぬきの考察かもしらんが、いずれにせよ、それは行動をうながす。その意識は、あんたの足首にまとわりつく小暗《おぐら》い過去の中から、抑制と選択の殻を破って表に出てくるだろう。そしてな、こうしているいまも、あんたを押しとどめている殻の外から、あんたを行動へと駆りたてる。あんたの身内に宿る存在に対しては意識も焦点を合わせざるをえず、いやでもその指示にしたがうことになる」

「トレイラクス会はまだわたしを自分たちの奴隷だと思っているのか。だが——」

「口をつぐめ、奴隷めが！」ビジャーズは例のかんだかい声で命じた。

たちまち、ヘイトは口がきけなくなった。

「さあて、おれたちはとうとう、堅固な大地に降り立った」ビジャーズは先をつづけた。

「あんたもそいつは感じているはずだ。それではこれから、おまえを傀儡《くぐつ》化する使役文を口にする。それは充分な梃子《てこ》となるにちがいない」

両の頬を汗が流れ落ち、胸も腕もわなないていた。それでもヘイトは、まったく身体を動かすことができずにいる。

「遠からず——」ビジャーズは切りだした。「皇帝があんたのもとを訪ねてくる。そして、こういうだろう——〝彼女は逝ってしまった〟と。その顔は悲嘆におおわれているはずだ。皇帝は故人に水を捧げる。これはフレメンの言いまわしで涙を流すことだ。それを見て、あんたはこういう。口調はこうだ——〝あるじよ！　ああ、あるじよ！〟」

ヘイトはあごとのどに痛みをおぼえた。筋肉がこわばっている。頭をごく小さく左右に動かすことしかできない。

「つづけて、こういう——〝わたしはビジャーズからメッセージを託されております〟」

矮人は渋面を作ってみせてから、語をついだ。

「あわれなビジャーズ、こいつには人の心なんかない……あわれなビジャーズ、こいつはメッセージを詰めこまれた記録媒体だ、その本質はほかの者に利用されることにある……ビジャーズをたたけば音が出る……そう思っているな、あんたは？」

いったんことばを切り、また渋面を作って、

「おれのことを偽善者だと思っているだろう、ダンカン・アイダホ！　それはちがうぞ！　おれだって泣くことはある。しかしいまは、鋭い剣を鋭いことばに換えるときだ」

唐突に、ヘイトのからだがぴくっと動いた。しゃっくりだった。

ビジャーズはくっくっと笑った。

「おおっと、すまんな、ダンカン、助かった。生理的欲求がいい助け船になってくれたよ。ともあれ、ハルコンネン一族の血を引く皇帝のことだ、かならずおれたちの期待に応えて、壮絶な罵倒をまきちらしてくれる。それはわれらが師父《マスター》たちにとって耳に心地よい響きとなるだろう」

ヘイトは目をしばたたいた。怯えて警戒する小動物を装っていたこの矮人が、これほど悪意に満ち、これほどたぐいまれな知力の持ち主であったとは——。

そして、こう思った。

（ハルコンネンの血が、アトレイデスに？）

「〈けだものラッパーン〉――その睨《にら》みようからすると、あの忌まわしいハルコンネンを思いだしたようだな」ビジャーズがいった。「その点で、あんたはフレメンと同類項だ。ことばで勝てなければすぐ剣にたよる。だろう？　ハルコンネンどもに拷問された家族のことでも思いだしたか？　しかし、レディ・ジェシカはウラディーミル・ハルコンネンの実の娘にまちがいない。あんたのお大事なポールは な、ハルコンネンなんだよ！　相手がハルコンネンとなれば、殺す腹を固めるのもむずかしくないんじゃないか？」

強烈なフラストレーションが偶人《ゴウラ》のからだを駆けぬけた。これは怒りか？　なぜこんなことで怒りをおぼえる？

「ほほう」ビジャーズがいった。そして、「ふふん、ははあ！　ま、切り替えていこうか。メッセージはまだある。これはトレイラクス会があんたの大事なポール・アトレイデスに申し出る予定の取り引きだ。われらが師父《マスター》たちは、やっこさんの愛した人物を生き返らす。いわばあんたの〝妹〟として――新たな偶人《ゴウラ》として」

ヘイトは突如として、宇宙に自分の鼓動音しか存在していないような錯覚に陥った。

「偶人《ゴウラ》に仕立ててあげるのはな」ビジャーズは語をついだ。「皇帝の愛した女の肉体だよ。そしてその肉体に、皇帝の子供たちを産ませる。その偶人《ゴウラ》はただ皇帝だけしか愛さない。皇帝が望みさえすれば、オリジナルよりいい女に改良してもやろう。人間、喪《うしな》ったものを取りもどすなどという至上の機会に、そうそう恵まれるもんじゃない。皇帝といえども、一も二もなく飛びつくはずだ」

ビジャーズはこくこくとひとりでうなずき、疲れでもしたかのように伏し目になった。

それから、

「皇帝は夢中になるぞ……夢中になって警戒がおろそかになる。そこへあんたが近づいて、ぐさりとひと刺し！　なにせ偶人《ゴウラ》はふたりだ、ひとりじゃない！　われらが師父《マスター》たちは、そこまで考えてことを運ぶのさ！」

矮人は咳ばらいをし、もういちどこくりとうなずいた。

「口をきいてもいいぞ」

「刺したりなどするものか」ヘイトはいった。

「ところが、ダンカン・アイダホは刺すんだよ。ハルコンネン家のあの末裔にとっては、それがいちばん無防備な瞬間だ。そいつを忘れるな。やつの愛する女が死んだら、まずはもっといい女にして蘇らせようとそそのかせ。勇猛果敢な点はそのままに、情感はもっとこまやかな女——なんてえのはどうだ？　それとな、皇帝にすりよる機会を見つけては、ひとつ聖域惑星を確保するよう耳打ちしておけ。どこでもいい、帝国圏外の好きな星区に、隠棲する惑星を選ばせるんだ。考えてもみろ！　愛した女が生き返るんだぞ？　もう涙を流すこともない。しかも余生を牧歌的な世界で暮らせる」

「聞くだに高くつきそうな申し出だがな」ヘイトは探りを入れた。「代償はいくらだ、ときかれるぞ」

「きかれたならこう答えてやればいい――代償はやつの神性を放棄することと、聖職省《クィザーリット》の権威を失墜させること、これだ。やつ自身と妹の権威もろともにな」

「それだけですむはずがあるか？」ヘイトは鼻先で笑った。

「CHOAM《チヨーム》の保有株も手放してもらわねばならん――いうまでもなく」

「いうまでもなく、な」

「まだ不意をつけるほど親しくなっていないのなら、トレイラクス会が皇帝を高く買っている旨、伝えてやれ。あの男が宗教の有用性を教えてくれたことは高く評価されている。トレイラクス会内には宗教工学の部門があって、ニーズに応じて自在に宗教を調整できることも教えてやるといい」

「なんとも優秀なことだ」

「あんたはこう思っているんだろう？　自分の意志でおれを小馬鹿にもできるし、おれの指示にもしたがわずにすむと」ビジャーズは笑止顔で首をかしげてみせた。「否定してもむだだ。いっておくが……」

「おまえもずいぶんと出来のいい作品に仕あがったものだな、小動物よ」

「それはあんたもご同様さ」矮人は切り返した。「いいか、そのときがきたら皇帝を煽れ、早急に腹をくくれと。死体が腐らないうちに、急いで低温タンクに保存する必要がある」

ヘイトは判断に窮した。認識できない客体の行列に縛られてしまったかのようだった。この矮人の態度はあまりに自信たっぷりすぎる！　おそらく、トレイラクス会の論理には欠陥があるのだろう。ヘイトという偶人《ゴウラ》を創りだし、操るにあたって、トレイラクス会はビジャーズの声を覚醒キーとした。しかし……しかし、なんだ？　論理／客体／行列……理路整然とした論証だからといって、正しい論証とはかぎらない。こうもたやすく錯誤に陥るとは！　トレイラクス会の論理はそれほど歪んでいるのか？

そんなヘイトの心の声が聞こえているかのように、ビジャーズはにやりと笑った。

「さあて、いまの会話は忘れてもらおうかい。そして、例のことばが聞こえたら思いだせ。皇帝のこのことばだ——〝彼女は逝ってしまった〟。それによってダンカン・アイダホは覚醒する」

それを最後に、矮人はぴしゃりと両手をたたいた。

ヘイトは呻いた。考えごとの途中で邪魔されたかのような感覚……それとも、なにかをいいかけていたところだったのか？　考えごととは、なんだ？　なにか……標的に関することだったか？

「わたしを混乱させ、操れると思っているようだな」ヘイトはいった。

「なんの話だい？」ビジャーズがたずねた。

「おまえの標的はわたしだ。それは否定できまい」

「否定する気はさらさらないよ」

「だったら、わたしになにをさせようとしている？」

「慈悲を与えることさ」とビジャーズは答えた。「ごくシンプルな慈悲をな」

一連の事象が立てつづけに発生する過程は、その過程がきわめて明白なものでないかぎり、予知の力では厳密に予見できない。予言は歴史という連鎖の鎖を、ひとつひとつ抜きだすことでしか把握できないものである。永遠は動く。予言しようが嘆願しようが、歯牙にもかけずに流れてゆく。ならばムアッディブの臣下たちに、皇帝陛下とその予言がもたらす幻視を疑わせようではないか。ムアッディブの能力を否定させようではないか。永遠に対して疑いをいだかせぬようにしようではないか。

——『デューン福音書』より

ヘイトが〈大天守〉の一角から見ていると、アリアが〈大聖堂〉から姿を見せ、広場を横切りだした。まわりを固める衛士たちが一様に険しい表情を刻んでいるのは、安楽かつ満ちたりた暮らしで腑抜けた顔をごまかすためだ。

午後の明るい陽射しのもと、〈大聖堂〉の上に舞う羽ばたき機《ソプター》の翼が日光反射信号機をきらめかせた。あれが近衛隊に属する一機であることは、機体に描かれたムアッディブの拳紋《こぶしもん》からもわかる。

ヘイトはアリアに視線を戻し、ああして都市部にいると場ちがいに見えてしまうな、と思った。アリアにふさわしい舞台は砂漠――広々としてなにものにも制約されない空間だ。だが、近づいてくる皇帝の妹を眺めるうちに、ヘイトは彼女の奇妙な特徴を思いだした。アリアが思慮深く見えるのは微笑しているときだけなのである。その理由は眼差しにある――と、ギルド大使のレセプション会場に使われた中庭でのようすを思いだし、ヘイトは判断した。そういえば、制服や豪奢なガウンをまとった参会者たちのただなかにあって、音楽と空疎な会話を背景に、ひとり尊大な態度を貫いていたアリアは、純潔を象徴する色、めくるめく純白の衣装を身につけていた。そのとき、〈大天守〉の下層階の窓から会場を見おろしていたヘイトは、やがてアリアが中庭を横切りだすのに気がついた。その中庭は、幾何学様式の池、縦溝を施された数基の噴水台、シロガネヨシの花壇、白い展望台などで瀟洒《しょうしゃ》に飾られた場所だった。

まるで似つかわしくない……なにもかも似あわない。アリアには砂漠こそがふさわしい。

そしていま、ヘイトはきれぎれに息を吸いこんだ。レセプションで見ていたときと同じように、いまもアリアは視界から消えた。ヘイトは待った。その間《かん》ずっと、手を握っては開き、握っては開きをくりかえしながら。ビジャーズに引見して以来、どうにも気持ちが落ちつかずにいる。

アリアと衛士たちが、ヘイトの控える部屋のすぐ外を通っていく足音がした。アリアが帝室区画に入っていったのだ。

ここでヘイトは、アリアのなにがこんなに気にかかるのか、考えをまとめようとした。さっき広場を横切っていたときのあの歩き方か？　それはある。あれはまるで、捕食獣に狩りたてられて逃げる動物のような歩き方だった。ヘイトは〈大天守〉の外周ぞいに走るバルコニーに出ると、岩性樹脂《プラスメルド》でできた日除け格子の陰を歩き、ある程度まで進んでから、足をとめてその影に身を潜めた。

アリアがいた。自分の〈大聖堂〉を見おろす手すり子《バラスター》つき欄干の前に立っている。アリアの視線の先を目で追ってみると——そこには都心部が広がっていた。立ちならぶ四角い建物、色彩豊かな建物、ゆったりとした日常の活動と音。輝き、きらめく何棟もの建築物。各々の屋上から渦を巻いて立ち昇る排熱。〈大聖堂〉の一角には、建物の主壁と一対の控え壁とで三方を囲まれた場所があり、そこでひとりの少年が控え壁のいっぽうにボールを投げつけて遊んでいた。ボールは跳ね返ってはぶつかり、行っては戻りを延々とくりかえしている……。

ボール遊びを眺めていたアリアは、そのボールに自分の姿を重ねずにはいられなかった。行っては戻り……行っては戻る。そのようすはまるで、〈時〉の回廊を行っては戻る自分自身のようではないか。

〈大聖堂〉を出る直前に飲んできたメランジはこれまでで最大の量に達する。過量摂取もいいところだ。その効果はまだ表われていないが、いまから恐ろしくてたまらない。

（どうしてこんなまねをしてしまったんだろう？）アリアは自問した。

人は危険のはざまに差しかかると選択を行なう。そのためだろうか。あのろくでもない〈デューン・タロット〉のせいで、未来には霞がかかっている。これはその霞を突破する手段だ。未来のどこかにある障壁をなんとしても突き破らなくてはならない。にいさまが目のない目で見て歩いた場所を、自分でも見ておく必要がある。過剰なほどのメランジを服用してきたのはそのためだった。

メランジがもたらすおなじみの朦朧状態《フーガ》が意識に忍びこんできた。アリアは深呼吸をし、わずかな刺激でも崩れてしまいかねない、不安定だが冷静で平衡がとれていて恬淡《てんたん》とした状態に身をゆだねた。

(幻視という視力を持つと、予知能力者は危険な運命論に陥りやすい)

残念なことに、未来へいたる抽象的な梃子《てこ》はなく、未来に通じる計算法もない。未来を示す多様な幻視は、計算式では絞りこめないのだ。予知者は自身の生命と正気を賭して、待ち受ける幻視群に飛びこんでいくほかなかった。

そのとき——隣接するバルコニーのくっきりと濃い影の中で、ひとつの人影が動いた。あの偶人《ゴウラ》だ！　著しく活性化した意識の中、アリアはその姿をきわめて鮮明に見ることができた。浅黒く活力に満ちた顔だちと、ひときわ異彩を放ってきらめく金属の目。あれは極端に異質な要素同士が統合された存在にほかならない。相反する複数の要素がむりやり同一線上に並べられている。あの偶人《ゴウラ》は影にして光——あ、あの男を死体から蘇らせた過程の産物であり……それと同時に、はなはだ醇乎《じゅんこ》にして……無垢ななにかの産物でもある。

悪意に包囲されて籠城する無垢なるもの——それがあの偶人《ゴウラ》だ！

「ずっとそこにいたの、ダンカン？」アリアは問いかけた。

「そう呼ばれるからには、わたしはダンカンであるべきなのですね。なぜです？」

「相手の意図を問うのはやめなさい」

偶人《ゴウラ》を見つめたまま、アリアは思った——あのトレイラクス会が、自分たちの創りだす偶人《ゴウラ》に未完成の部分を残しておくはずはない。そして、語をついだ。

「リスクなしに完璧を期せるのは神々だけ。人間には危険なことよ」

「ダンカンは死にました」これはダンカンの名で呼ばれることをきらっての発言だろう。

「わたしはヘイトです」

アリアは人工の目をしげしげと見つめ、あの目にはなにが映っているのだろうと考えた。よく見ると、光沢を帯びた金属の表面には、微小な黒い孔――暗黒の小さな井戸が無数にあいている。あのひとつひとつが複眼の個眼なのだ！　そうと気づいたとたん、まわりで宇宙がきらめき、ぐらりとかしいだ。アリアはとっさに陽光で温められた欄干をつかみ、からだを支えた。ああ――香料《スパイス》が急速に効果を表わしつつある。

「ご気分がすぐれないのですか？」

ヘイトが心配そうに声をかけ、近づいてきた。まぶたを大きく開き、金属の眼球を露出させ、アリアをじっと見つめている。

（このことばを発しているのは、何者？）

ダンカン・アイダホなの？　演算能力者《メンタート》／偶人《ゴウラ》？　それとも、禅スンニ派の哲学者？　でなければ、どんなギルドの操舵士よりも危険なトレイラクス会の手駒？　にいさまなら知っているだろうに。

ふたたびアリアは偶人《ゴウラ》を見た。いまのこの偶人《ゴウラ》には、どこかいつもの冴えが欠けている。表面下に潜伏しているなにかも感じられた。長く待機することに倦《う》んだことに加え、並の人生ではありえないほど深く権力の中枢にいることで、心境の変化でもあったのだろうか。

「母から生まれた以上、わたしもベネ・ゲセリットのようなものなのよ」アリアはいった。

「そのことは知っているわね？」

「承知しています」

「わたしはベネ・ゲセリットの能力を使うし、ベネ・ゲセリットが考えるように考える。だから、わたしの一部は理解しているの。人類血統改良計画の……それによって誕生する存在の……聖なる重要性はね」

ここでアリアは目をしばたたいた。〈時〉の流れの中へと、自分の意識の一部が勝手に動きだすのが感じられたからだ。

「ベネ・ゲセリットはけっして、あの計画をあきらめないといわれています」

ヘイトはそういって、アリアの手を見つめた。アリアは両手の関節が白くなるほど強くバルコニーの欄干をつかんでいる。

アリアも自分の手に目をやり、つぶやいた。

「まるでわたし、なにかにつまずいて、とっさにつかまったみたいなありさまね」

ヘイトの見るところ、アリアの呼吸はそうとう荒くなっていた。ちょっとした動作にも苦労しているようだし、目にはうっすらと霞がかかったようになっている。

「つまずいたときは」とヘイトはいった。「つまずきの原因となったものを飛び越えて、バランスを取りなおすものです」

「事実、ベネ・ゲセリットはつまずいたあと、にいさまというつまずきの石を飛び越えて、バランスを取りなおそうとしているわ。つまり修女会はチェイニーの赤ん坊がほしいのよ……または、わたしの赤ん坊がね」

「アリアさまは妊娠なさっているのですか？」

アリアはこの問いと時空との関係性に鑑み、自分の立ち位置を確立させようと努めた。妊娠？　いつ？　どこで？　そして、ささやくようにいった。

「わたしには見えるの……自分の子供が」

アリアはバルコニーの欄干からあとずさり、偶人《ゴウラ》に視線を向けた。その顔で目立つのは、強烈な印象を与える冷徹な双眸《そうぼう》——光沢のある鉛のような、一対の円だった。そして……アリアの動きに合わせてヘイトが陽光に背を向けたとき、その目は青い翳《かげ》りを帯びた。

「なにが見えるの？……そんな目で？」アリアはささやき声でたずねた。

「ほかの目に見えるのと同じものが」

ヘイトの返答はアリアの耳にこだまし、意識を伸張させた。自分が宇宙に伸び広がっていくのが感じられる。広がっていく……ぐんぐん外へ……ますます外へ。ついには自分がすべての〈時〉の流れと絡みあった状態になった。

「香料《スパイス》を大量に摂取しましたね？」ヘイトがいった。

「このひとが見えないのはなぜ？」アリアはつぶやいた。すべての創造の子宮——それが自分をつかんで放さない。「なぜなの、ダンカン。なぜこのひとが見えないの？」

「見えないとは、だれがです？」

「わたしの子供たちの父親よ。〈タロット〉の霞に閉ざされてなにも見えない。助けて」

ヘイトは演算能力者《メンタート》の論理でしかるべき結果をはじきだし、こう答えた。

「ベネ・ゲセリットはあなたと兄君との交接を願っています。そうすることで遺伝情報が固定されるからと……」

アリアは思わず悲痛な声を洩らし、あえぐようにいった。

「つまり、ほしいのは人の姿をした卵子なのね」

冷たい波が全身に広がっていった。それにつづいて、灼熱の熱波が。いまだに見えない交合の相手がヘイトの答えたとおりなら、最悪の悪夢は現実となる！　啓示が示すことのできない相手が、自分の肉体と触れあう相手なんて——ほんとうにそんなことが？

「身体に危険がおよぶほど大量の香料《スパイス》を摂取したのですね？」

たずねると同時に、ヘイトの身内でなにかが必死に戦いだした。アトレイデス家の女が死ぬ恐れがある――帝室の女性が……逝ってしまった事実をポールが直視せねばならないかもしれない。そんな危惧に連動して浮上した深刻な恐怖を口にしたいと願うなにかが、いわせまいとする抑制と必死に戦った。

「未来を狩るというのがどういうことか、あなたにはわかっていない」アリアはいった。「自分自身の姿は、ときどきかいま見えるだけ……それでも自分の道を進むしかないの。自分自身の未来を観ることは、わたしにはできない」

　アリアは下を向き、大きくかぶりをふった。

「どれほど大量の香料《スパイス》を摂取したんです？」ヘイトはたずねた。

「自然は予知を憎む」顔をあげて、アリアはいった。「それは知っていた、ダンカン？」

小さな子供に対するように、ヘイトはやさしく、かんで含めるように語りかけた。

「どれほど大量の香料《スパイス》を摂取したのか教えてください」

答えをうながしながら、左手をアリアの肩にかける。

「ことばは粗雑な機械。ひどく原始的で、ひどくあいまい」

　アリアは答え、ヘイトの手から肩を引いた。

「摂取量を教えてもらわねばなりません」

「〈防嵐壁《ぼうらんへき》〉を見てみなさい」

アリアはそういって、はるか彼方を指さした。伸ばした自分の腕の先を目で追っていく。たちまち手がわななきだし、その先にそびえる〈防嵐壁《ぼうらんへき》〉の情景は圧倒的な幻視によって崩れ去った――見えない寄せ波に崩される砂の城のように。視線を横に向けると、そこに偶人《ゴウラ》の顔があり、その外見の変容にアリアの目は釘づけになった。顔の造作がもぞもぞと動きだし、年寄りになったかと思うと、こんどは若返り……また年老いて……また若返る。偶人《ゴウラ》はいまや生命そのものと化した。有無をいわさず、際限なしに世代交替をくりかえす生命……。アリアは背を向けて逃げようとした。が、そこで左手首をぐっとつかまれた。

「医師を呼んできます」

「だめ！　この幻視をわたしに見させて！　わたしは知らなければならないの！」

「もう屋内に入ったほうがいい」

アリアはヘイトの手を見おろした。たがいの肉体が触れあった部分に電気が走っているように感じる。その感覚は心をそそると同時に、恐ろしくもあった。アリアは偶人《ゴウラ》の手をふりほどき、あえぐようにいった。

「旋風《つむじかぜ》をつなぎとめることなどできないわ！」

「至急、医者に診てもらわなくては！」ヘイトは語気を強めた。

「あなたにはわからないの？　わたしの幻視は不完全なもの。断片的なものばかりなのよ。部分的に観えては、つぎの光景に飛び移る。わたしは未来を思いださなくてはならない。それがわからないの？」

「過量摂取で死んでしまえば、未来もクソもありません」

ヘイトはそういって、アリアをそっと帝室区画の屋内に押しこんだ。

「ことば……ことば」アリアはつぶやいた。「ことばなんかじゃ説明できない。ひとつの事象は別の事象のきっかけにはなるけれど、原因といえるものはなくて……結果もない。宇宙をこのまま放置しておいてはだめ。なんとかしなくては。宇宙にはね、空白の部分があるのよ」

「さ、横になって」ヘイトがうながした。

（どうしてこうも話が通じないの！）

そのとき、ひんやりとした影がアリアを包みこんだ。自分の筋肉が蠕虫《ぜんちゅう》のように蠢《うごめ》いている。からだの下にあるベッドは実質があるかに見えるが、それは仮初《かりそめ》の実質でしかない。永続するものは唯一、時空のみ。時空のほかに実質はありえない。このベッドもいずれは消えてしまう――そこに横たわるおおぜいのからだとともに。そのからだはすべてアリア自身のものだ。〈時〉は多重の感覚となり、過負荷をもたらした。〈時〉はアリアに対し、抽象化可能な反応をひとつとして提示しない。それが〈時〉というものだ。〈時〉は動く。全宇宙が逆進し、前進し、横すべりする。

「〈時〉には決まった相がないの」アリアは説明した。「〈時〉は下をくぐることも、横をまわりこむこともできない。梃子にできるような場所もない」

　まわりじゅうで〝おおぜい〟がめまぐるしく動きだした。〝何人もの〟人物がアリアの左手を握りしめている。その手を見おろして、自身の腕もひどくぶれていることに気づき、左手を握りしめている手から視線をあげ、やはり激しくぶれるだれかの腕を目でたどると、その先には絶えず老若を行き来する顔があった。この顔は——ダンカン・アイダホだ！その眼球は……本人のものではない。それでもその顔はダンカンのものだった。子供——成人——青年——子供——成人——青年……その顔に刻まれた皺という皺から、アリアを案じる気持ちがうかがえる。

「ダンカン、心配しなくてもいいわ」アリアはささやいた。

　相手はアリアの左手を握る手にいっそう力をこめ、うなずいた。

「じっとしていてください」

　そのとき偶人《ゴウラ》が思ったことはこうだった。

（この女《ひと》を死なせてはならない！　絶対にだめだ！　どんなアトレイデスの女も死なせるわけにはいかない！）

そう思ってすぐさま、勢いよくかぶりをふった。このような思考は演算能力者《メンタート》の論理と正面から対立するものだ。生あるものにはかならず死が訪れる。

（この偶人《ゴウラ》、わたしを愛している）とアリアは思った。

その思いは砂原《すなばら》の上に突き出た岩場となり、アリアはひしとそれにしがみついた。この偶人《ゴウラ》はよく見知った顔を持ち、そのうしろに幻視ではない部屋が見える。ここはポールの私用区画にある寝室のひとつだ。

ふと見ると、ぶれもせず変貌もしない、実在感のある新たな人物がきていて、アリアののどにチューブを挿しこみ、なにかをしていた。アリアは懸命に吐き気と戦った。

「どうにか手遅れにならずにすみました」声がいった。この口調からすると、帝室つきの医師だろう。「もっと早くにわたしを呼ぶべきでしたね」

医師の声には懸念が聞きとれた。のどからチューブがずるずると引きだされていくのが感じられる。きらめく細いチューブがまるでヘビのようだ。

「相当大量の香料《スパイス》でしたから、まもなく眠ってしまわれることでしょう」医師がいった。

「侍女のひとりをよこしますので――」

「わたしがそばについています」偶人《ゴウラ》がいった。

「それは許容できません！」医師が険しい声を出した。

「ここにいて……ダンカン」アリアはかすれ声でいった。

偶人《ゴウラ》はアリアの手をさすり、聞こえているという意志を伝えた。

「姫殿下《ム・レディ》」医師がいった。「ここはお聞きわけいただいたほうがよろしいかと……」

「どうするのがいちばんよろしいかは、あなたに指図されなくてもけっこう」

アリアはかすれ声で応じた。一音節ごとにのどが痛む。

「ム・レディ」医師はとがめるような声で食いさがった。「香料《メランジ》過量投与の危険性はよくご承知のはずです。そうであれば、わたしとしてはこう想定せざるをえません、何者かが不適切な量の――」

アリアは声を絞りだした。

「ばからしい。わたしが幻視を観てはだめだというの？　自分が摂取するものの量と目的くらいわかっているわ」片手をのどにあてがって、「ふたりだけにして。いますぐに！」

視界の外に消えた医師が、こういうのが聞こえた。

「このことは兄君にご報告しますからね」

医師が退出する気配を確認してから、アリアは偶人《ゴウラ》に注意をふり向けた。幻視はすでに意識の内側に収まって、〝現在〟が外へと向かうための培養基になっている。この偶人《ゴウラ》はもはや〈時〉の舞台の登場人物だ。それも端役などではない。はっきり認識できる背景と強固に結びついた役柄を持つ主要登場人物といっていい。

（この人物は異なる要素同士が融けあった坩堝《るつぼ》なんだわ）とアリアは思った。（危険でもあるし、救済でもある）

ぶるっと震えた。自分が観た幻視が、兄の観た幻視と同じものであるとわかったからだ。思いがけず目頭が熱くなり、涙があふれた。勢いよくかぶりをふる。涙はだめ！　水分の無駄だし、もっと悪いことに、幻視が押し流されてしまう！　ポールをとめなくては！

かつて、たった一度だけ〈時〉を渡り、ポールが通る道程に自分の声を送りこめたことがある。しかし、ストレスと変動性によって、いまはそれができない。にいさまの近傍では、〈時〉の網が――無数の時間線が――収束する。凸レンズで収束される陽の光のように。にいさまはつねに時間線が収束する焦点に立っていて、本人もそのことを承知している。にいさまはすべての時間線を自分に収束させて、それらが自分から逃げることも変化することも許さない。

「なぜ？」とアリアはつぶやいた。「その動機は憎しみ《ヘイト》？　自分を傷つけたからといって、〈時〉そのものに報復しているの？　その動機は……憎しみ《ヘイト》？」

自分の名を呼ばれたのだと勘ちがいして、偶人《ゴウラ》が答えた。

「ム・レディ？」

「わたしの中にあるこんな力、燃やしつくしてしまえたらいいのに！」アリアは叫んだ。

「人とちがう存在でなんか、ありたくなかった！」

「どうか、アリアさま」偶人《ゴウラ》は小声でなだめた。「いまは安らかにお眠りを」

「わたしは笑って毎日を送れるようになりたかったのよ」アリアは声を絞りだした。涙が頬を流れ落ちていく。「でも、わたしは皇帝の妹、神のように畏怖される人物の妹。人はみんなわたしを恐れる。恐れられたくなんかなかったのに」

偶人《ゴウラ》がアリアの顔から涙をぬぐった。アリアはつづけた。

「わたしは歴史の一部になんてなりたくなかった。わたしはただ、愛されたかったし……愛したかった」

「だいじょうぶ、愛されていますとも」

「ああ、忠実な忠実なダンカン」

「おねがいですから、わたしをそのように呼ばないでください」

「でも、〝忠実なダンカン〟なのでしょう。忠誠心は価値ある商品だわ。それは売り物になる。買うことはできない……でも、売ることはできる」

「皮肉な物言いは論理的にも好ましくありません」

「演算能力者《メンタート》の論理なんかクソくらえよ！　わたしのいうことのどこが皮肉なの、どこが事実とちがうの！」

「とにかく、お眠りなさい」

「わたしを愛してる？　ダンカン？」

「はい」

「それもたくさんの嘘のうちのひとつなのね。真実よりも信じやすい虚偽のひとつなのね。そうでしょう？　どうしてあなたを信じることが怖いのかしら」

「あなたはわたしが他者とちがう点を恐れておられるのです。同じ理由でご自身を恐れておられるように」

「人間として答えなさい、演算能力者《メンタート》としてではなく！」

「わたしは演算能力者《メンタート》であり、人間《マン》です」

「男《マン》だというなら、わたしをあなたの女にする気はあるの？」

「愛にそれが必要でしたら」

「では、忠誠心は？」

「忠誠心もです」

「あなたが危険なのはそこなのよ」

アリアのことばにより、偶人《ゴウラ》は心中で明らかに動揺した。動揺のきざしはいっさい顔に表わしていないし、筋肉も微動だにしていない。それでもアリアには動揺していることが読みとれた。幻視＝記憶が動揺を浮き彫りにしているからだ。しかし、その幻視の一部は失われてしまった感触がある。だとしたら、未来からなにかを思いださなくてはならない。気がかりなのは、感覚では正確に追いきれない別種の知覚が存在することだった。それはどこからともなく頭の中に落ちてきた――予知の幻視と同じように。そして、なんらかの〈時〉の影にわだかまっている――とてつもない苦痛を孕んだ状態で。

感情！　そう、それは――感情だ！　感情はすでに幻視の中に現われていた。直接的にではなく、物陰に潜んでいると思われるなにかの産物として把握していた。自分は感情に取り憑かれていたのだ――恐怖、苦悩、愛情で編まれた一本の捕縄《ほじょう》で縛られていたのだ。個々の感情はおびただしい幻視の中に潜み、やがて集合して急膨張し、圧倒的で根源的な単一の捕縄と化す。

「ダンカン、わたしに意識を失わさせないで」アリアはささやいた。

「お眠りなさい。眠りに抗ってはいけない」

「とめなくては……とめなくては。〈彼〉は自分自身を罠の餌としている。〈彼〉は力と恐怖のしもべ。暴力は……そして神格化は……〈彼〉を閉じこめる牢獄。〈彼〉は失ってしまう……なにもかも。ばらばらに引き裂かれてしまう」

「それはポールのことですか？」

「このままでは、〈彼〉は自滅の道に追いたてられるわ」

アリアは背中を弓なりにしならせ、あえぐようにいった。

「あまりにも負担のかかりすぎる重責、あまりにも数の多すぎる苦悩。〈彼〉は愛からも引き離されてしまう」

ふたたび、ベッドに身を沈めた。

「自分が存在することを〈彼〉自身が許容しない宇宙――それが創られようとしている」

「だれが創ろうとしているんです？　〈彼〉とは？」

「〈彼〉は〈彼〉よ！　どうしてそんなに鈍いの！　〈彼〉はね、〈結構《パターン》〉の一部なの。そして、もう遅すぎる……もはや手遅れ……もはや手遅れ……」

しゃべっているうちに、アリアは自分の意識がすこしずつ、頭から足に向かって降りていくのを感じた。じきに意識は臍《へそ》のすぐ下あたりまできて停止した。肉体と精神が分離し、幻視群の残滓《ざんし》が溜めこまれた心の貯蔵庫でまた融合して――動いている、なにかが動いている。やがて聞こえてきたのは……胎児の鼓動音だった。

未来のいつの日にか、胎児の心臓が動いている。では、メランジの効果はまだ持続しているにちがいない。〈時〉の流れの中に自分の精神をただよわせているのだ。アリアにはわかった——自分がいまだ懐妊してもいない子供の命に触れていることが。

この子について、ひとつ確実なことがある。自分が苦しんだのと同じように、この子もまた、あのつらい覚醒を経験するだろう。

この子は誕生する前から意識を持ち、思考する存在となるだろう。

「権力には限界というものがあり、きわめて強大な権力といえども、その限界を超えてふるえば破滅にいたる。この限界を見きわめることこそが、政府が持つべき真に重要な役割だ。権力の濫用《らんよう》は致命的な罪。法は復讐の道具になってはならず、弱みになってもならず、法が生んだ犠牲者らから身を護る防壁となってもならない。いずれかの個人を脅かせば、その結果からはけっして逃れられぬものと心得よ」

――「ムアッディブの法律論」
『スティルガー註解』より

チェイニーは朝の砂漠を眺めやった。タブールの群居洞《シエチ》の下手には、絶壁のなかほどに断層の裂け目があり、そこから覗く砂漠は、左右を縁どる岩壁が額縁の代わりとなって、一幅の絵のように見える。保水スーツを着ていないと、砂漠では全裸も同然に感じられた。群居洞《シエチ》に入るための洞穴は、背後から頭上に向かって控え壁状にそびえる岩壁に隠されており、外からは見えない。

砂漠……砂漠……。どこにいっても砂漠が追いかけてくる気がする。砂漠に戻ってくることは、帰郷というよりも、たんにうしろをふりかえり、いつもそこにあったものを目にするというほうが近い。

子宮がぎゅっと収縮し、陣痛が走った。出産は間近だ。陣痛をこらえようとしたのは、砂漠を前にひとりきりでいるこの瞬間をすこしでも引き延ばしたいからだった。

砂漠は黎明《れいめい》の静謐《せいひつ》さに包まれている。砂丘と砂丘のあいだを、そして連綿とそそりたつ〈防嵐壁《ぼうらんへき》〉の岩棚の下を、無数の影が逃げるように駆けぬけていく。そびえる断崖の頂を越えてあふれだす暁光が、チェイニーの目の高さまで降りてくるころになると、くすんだ青空のもと、広漠たる荒涼の地があらわになった。その光景は、ポールが目を奪われたと知って以来、ずっと心を苛《さい》んでいる残酷な皮肉に見あうものだった。

(どうしてわたしたちはここにいるの?) チェイニーは自問した。

これは聖探《ヒジユラ》ではない。新たな住居探索の旅ではない。ポールはたぶん、愛妃が安心して出産できる場所としてしかこの地を見ていない。

(それにしては、妙な顔ぶれの同伴者《カンパニオン》をそろえたものね)とチェイニーは思った。まずは、ビジャーズ——トレイラクス会の矮人《こびと》。そして、偶人《ゴウラ》のヘイト——ダンカン・アイダホの蘇りかもしれない男。エドリック——ギルドの操舵士にして大使。ガイウス・ヘレネ・モヒアム——ポールが憎んでも飽きたりない、ベネ・ゲセリットの教母。リクナ——オシームの奇妙な娘。あの娘は衛士の厳重な監視のもとでのみ行動を許されている。ハラー——スティルガー——チェイニーの伯父であり、指導者《ナイーブ》のひとり。ハラー——スティルガーの愛妻。そして……イルーランに……アリア……。

岩間を吹きぬける風の音が、チェイニーの物思いに調子をそろえているかのようだった。旭日《きょくじつ》に照らされた砂漠は彩りを増し、黄色はいっそう濃い黄色に、黄褐色はいっそう濃い黄褐色に、灰色はいっそう濃い灰色に色合いを深めていく。

(どうしてこんなにも奇妙な同伴者《カンパニオン》を……)

「もうすっかり忘れられてしまっているようだがね」チェイニーがその点をたずねたとき、ポールはこう答えを返した。「"一座《カンパニー》"ということばは本来、"旅の同伴者《カンパニオン》"を意味していたんだ。いわば、ぼくらは同じ舞台にあがった一座《カンパニー》なんだよ」

「でも、こんなことになんの意味が?」

「そこさ!」ポールはそういって、見るからにぞっとする、ぽっかりとあいた黒い眼窩をチェイニーにふり向けた。「ぼくらはみんな明快でシンプルな生き方を忘れてしまった。瓶に詰めることも、打ちのばすことも、尖らせることも、溜めておくこともできないなら、そんな生き方にはなんの価値もない」

　チェイニーははぐらかされたような気持ちになった。

「そういうことをいってるんじゃないの」

「ああ、愛しいチェイニー」そのときポールは、なだめるような声になって、「ぼくらは金銭面で裕福になった反面、生き方《ライフ》では貧しくなってしまった。ぼくは邪悪で、強情で、愚かで……」

「そんなこと、ない！」

「うん、たしかにそうではない側面もある。しかし、ぼくの両手は〈時〉に浸《つ》かりすぎて、もう生気をなくしている。思うに……思うに、ぼくは豊かな生活環境《ライフ》を創りだそうとしてきたけれど、それはとうのむかしに創られていたんじゃないかな」

　そういいながら、ポールはチェイニーの腹をなでさすった——そこに宿る新たな生命《ライフ》を慈しむように。

　そのときのやりとりを思いだしながら、チェイニーは大きくなった腹の上に両手を置き、身ぶるいした。群居洞《シエチ》へ連れてきてほしいとポールに願ったことが悔やまれてならない。

絶壁の基部周辺では、植栽の緑地帯が砂丘を押しとどめている。その緑地帯の縁から、砂漠の風が悪臭を吹きあげてきた。それとともに、フレメンの迷信が脳裏に浮かんだ。

〈悪臭きたりなば悪しき時きたる〉

風上に顔を向けると、緑地帯の向こうに一頭の砂蟲《サンドワーム》が出現する光景が見えた。砂丘の海を割って勢いよく浮上し、大量の砂を撒き散らすさまは、魔物の船の船首を思わせる。この生物にとっては猛毒である水を進行方向に嗅ぎとったのだろう、蟲《ワーム》はすぐさま砂中に潜りこみ、砂上に掘り跡の畝を残して逃げ去っていった。

このときチェイニーは、水に対して憎しみをおぼえた。蟲《ワーム》が感じたはずの恐怖に憎悪を誘発されたのだ。水は——かつてアラキスの魂であり、心の拠りどころでもあった水は、いまでは毒になりはててしまった。そのうえ疫病をもたらした。清浄の地は砂漠だけだ。下のほうに、仕事をおえて帰ってきたフレメンの一隊が現われた。群居洞《シエチ》の中層入口に登ってくる。よく見ると、一行の足は泥にまみれていた。

(フレメンの足が——泥に!)

おりしも、群居洞《シエチ》の上層のほうで、子供たちが朝の歌を歌いだした。上層入口を介して、チェイニーのいる高さまで降りてきたその歌声は、風に乗ったタカのように、時間が飛び去っていくような感覚をもたらし、チェイニーはぶるっと身ぶるいした。

ポールはいったい、あの眼球のない目でどのような嵐を観たのだろう。

いまのポールに感じるのは、危険な狂人——そして、讃歌と議論にうんざりした人間だ。

気がつくと、空の色が変化していた。透明感を帯びた灰色の空に白っぽい条紋《じょうもん》が無数に散らばり、まるで雪華石膏《アラバスター》のように見える。風に舞いあげられた砂塵が天に描きだした、奇怪な模様だった。そのとき、南方にきらめくひとすじの白い線が注意を引いた。それが意味するところに気づいて、チェイニーの眼差しは急に険しいものになった。南の白い空、すなわち〈シャイー＝フルードの口〉。嵐がくる前触れだ。もうじき、すさまじい暴風が吹き荒れる。事実、南から吹ききたる風には結晶質の砂が混じり、頬を打ちはじめている。南風は死のにおいも含んでいた。灌漑用水路《カナート》を流れる水のにおい、水に濡れた砂のにおい、水に濡れた燧石《すいせき》のにおい。水。それをきらうからこそ、シャイー＝フルードはコリオリの嵐を襲来させようとしているのだろう。

強風からの避難所を求め、何羽ものタカがチェイニーの立つ裂け目に舞いこんできた。タカたちの体色は岩とよく似た茶色で、翼には深紅色の模様が入っている。チェイニーはタカたちにうらやましさをおぼえた。彼らには避難する場所がある。だが、自分にはない。

「お妃《ム・レディ》さま、嵐がきます！」

ふりかえると、あの偶人《ゴウラ》が群居洞《シエチ》の上層入口から外に出ており、自分に呼びかけていた。

チェイニーはフレメン固有の恐怖に襲われた。純然たる死と、亡骸の水分を部族のために絞りとること——それなら理解できる。しかし……死から蘇ってきたなにかとなると……。

風で飛んできた砂粒がつぎつぎと頬に当たり、当たったところが赤くなった。肩ごしにふりかえり、天にまたがる禍々《まがまが》しい砂塵の帯を見あげる。嵐の真下の砂は黄褐色を帯びて絶えず逆巻き、砂丘の波濤《はとう》が周囲の砂漠になだれかかっている。以前、ポールから聞いた嵐の海——荒浪が海岸に砕け散るようすは、きっとこんな感じなのだろう。チェイニーは群居洞《シエチ》の中に避難することをためらった。砂漠の変化に心を奪われたからである。永遠の前ではこの嵐といえども、大釜の中で沸き立つ熱湯にすぎない。ただし、〈デューン〉の寄せ波は絶壁に当たって砕け散る。

砂漠で荒れ狂う嵐はチェイニーにとって宇宙的な現象となった。ありとあらゆる動物が嵐を避けて隠れている……砂漠にはもう砂漠固有の音しか残っていない。風に飛ばされる砂が岩をこする音、吹きすさぶ風の金切り声、岩石丘の上からふいに転げ落ちる巨礫《きょれき》の音——そのとき、突如として、ズーン！　視界の届かないどこかで大音響が轟いた。あれは蟲《ワーム》がひっくり返った音だ。蟲《ワーム》は上部側を上にしようとやみくもにのたうったのち、乾いた砂の深層へ潜っていったにちがいない。

チェイニーの時間感覚にとって、それは一瞬のできごとだったが、その一瞬のうちに、この惑星が流れ去るのを——宇宙の塵に、他の大いなる波の一部に帰すのを感じた。

「急いで中に入らなくては」すぐうしろで偶人《ゴウラ》がうながした。

その声に、チェイニーは偶人《ゴウラ》の恐怖を感じとった。あるじの妃を案じているのだ。

偶人《ゴウラ》はことばをつづけた——まるでこの種の嵐について説明する必要があるかのように。

それも、よりによって、フレメンであるチェイニーに。

「風沙を浴びると、肉が骨から削《そ》がれてしまいます」

どうやらこれは本気で心配しているらしい。チェイニーは群居洞《シエチ》の中へ入る岩の階段を昇っていくにあたって、偶人《ゴウラ》が自分に手を貸すことを許した。やがてふたりは入口を護る回転隔壁を通りぬけた。待機していた従者たちが水分保持用の気密扉を開放し、ふたりが通過すると背後で閉めた。

群居洞《シエチ》の臭気が鼻をつく。洞穴の中は記憶と結びついたにおいであふれていた。せまい空間の中で人体が密接するにおい、水分再生器の脱水反応で生成されるエステル類の悪臭、懐かしい食べもののにおい、稼動中の機械が発するオイルの熱されたにおい……それらに混じって、いたるところにただよう香料臭《スパイス》。どこにいっても香料《メランジ》のにおいがする。

チェイニーは鼻から大きく息を吸った。

「故郷《ふるさと》ね」

偶人《ゴウラ》はチェイニーの腕を握っていた手を放し、そばに立った。辛抱づよい態度でじっと立つその姿は、使わないときにスイッチを切った機械のようだが……その目はまじまじと自分を見つめている。

チェイニーは入口の洞穴から先に進むのをためらった。具体的になにがとはいえないが、なにかしら違和感を感じたからである。タブールが自分の故郷であることはまちがいない。子供のころは、発光球の明かりをたよりに、サソリ狩りをしたものだ。しかし、なにかが変わってしまっている……。

「ご自分の区画へいかれるべきでは？　ム・レディ？」偶人《ゴウラ》がうながした。

そのことばに刺激されたかのように、またもや子宮が収縮し、陣痛の波が襲ってきた。それを表に出すまいと必死にこらえる。

「ム・レディ？」

「ポールはわたしが子供たちを産むことを恐れている。わたしたちの子供なのに。それはなぜ？」

「ム・レディに万一のことがあったらと恐れられるのは、あたりまえのことです」

チェイニーは片頬に——砂粒に打たれて赤くなっている部分に——手をあてた。

「ほんとうは、子供たち《ヽヽヽ》に万一のことがあったなら……と恐れているのではないの？」

「ム・レディ、あなたさまの第一子はサーダカーに殺されました。ム・ロードとしては、どうしても初子《ういご》のことを思いだされずにはいられないのでしょう」

チェイニーは偶人《ゴウラ》を見つめた。扁平な顔、なにを考えているのか読めない機械の眼球。この人物は——この存在は——ほんとうにダンカン・アイダホなのだろうか。だれの味方なのだろう？　いまこのとき、ほんとうのことを口にしているのだろうか。

「もう医師たちのそばにおられるべきです」偶人《ゴウラ》はいった。

ふたたびチェイニーは、その声に気づかいの響きを聞きとった。唐突に、自分の精神が無防備であるかのような感覚に——いまにも衝撃的な認識で押しつぶされてしまいそうな感覚に——見舞われた。

「ヘイト——わたしは怖い」ささやき声になっていた。「わたしのウスールはどこ？」

「政務が立てこんでおられて、まだお手が放せないと」

チェイニーはうなずいた。ここへくるさい、何十機もの羽ばたき飛行機《オーニソプター》で同行してきた政府機関の官僚たちのことを思いだしたのだ。そこでやっと、この群居洞《シエチ》のなにに対して違和感をおぼえるのかに思いいたった。外世界のにおいだ。事務官や補佐官たちはここの環境に自分たちのにおい——ことは異質の食べものや衣服のにおい、外世界の化粧品や洗面用品のにおいを持ちこんだ。それやこれやのにおいが、群居洞《シエチ》本来のにおいと混じりあっている、違和感の原因があるのはそこだった。

チェイニーはかぶりをふり、苦笑いしそうになる気持ちを押し隠した。ムアッディブのいくところ、においでさえも変わってしまう！

「放置しておけない火急の案件がいくつもあるとのことで」

偶人《ゴウラ》が補足した。どうやらチェイニーのためらいを誤解したらしい。

「そう……そうね、わかったわ。わたしも官僚の群れといっしょにきたことだし」

アラキーンを出発したときは、正直、生きてここにたどりつけるとは思っていなかった。ポールが自分で羽ばたき機《ソプター》を操縦するといってゆずらなかったからだ。しかし、目がないにもかかわらず、ポールはソプターをぶじここまで操縦してのけた。あの経験のあとでは、ポールがどんなことをしても驚きはしない。

ふたたび、腹部に陣痛の波が広がった。チェイニーは鋭く息を吸い、頬をこわばらせた。

そのようすを見て、偶人《ゴウラ》が心配そうにいった。

「もしや、もうお産まれに……？」

「ええ……ええ。そうね」

「でしたら、急がなくては」

偶人《ゴウラ》はチェイニーの手首をつかみ、通路を急ぎだした。

相手がパニックを起こしたことを感じとり、チェイニーは偶人《ゴウラ》をなだめた。

「まだ余裕はあるわ」

偶人《ゴウラ》は聞いていないようすで、いっそうチェイニーをせきたてながら、「出産に対する禅スンニ派のアプローチは」と説明した。「最高の緊張状態を維持しつつ、無心に待つことです。そのときどきに起ころうとしていることと競いあってはなりません。競えば失敗する可能性も出てきます。なにかを得ることの必要性に拘泥してはいけません。拘泥しないことによって、逆にどんなものでも得ることができるのです」

しゃべっているあいだに、ふたりはチェイニーが私有する区画の入口にたどりついた。

偶人《ゴウラ》は仕切り布の内側にチェイニーを押しこみ、大声で中に呼びかけた。

「ハラー！　ハラー！　ご出産が近い！　医師たちを呼んでください！」

呼びかけに応えて、従者たちがあわただしく動きだした。だれもかれもが大騒ぎをするなかで、チェイニーはただひとり、冷静さの孤島に取り残されたように感じていたが……

それもつぎの陣痛がくるまでのことだった。

外の通路にとどまったヘイトは、自分のとった行動を延々といぶかしんだ。自分があるﾞ時間の一点にﾞ——すべての真実が一時的なものでしかない一点に——縛りつけられているような気がしてならない。いま自分がとった行動の裏には、たしかにパニックがあった。そのパニックは、チェイニーが死んでしまうかもしれない可能性にではなく、じっさいに死んだあと、ポールが自分のところへきて……悲痛な顔で……こういうことばを口にするはずだとの思いに起因する。そのことばとは……

〝彼女は……逝ってしまった……逝ってしまった……〟

（無から有は生じない）と偶人《ゴウラ》は思った。（では、このパニックはどこから生じた？）

演算能力者《メンタート》としての機能が落ちているのを感じて、ヘイトは長々と全身を震わせ、息を吐きだした。超感覚能力的な影が自分の中をよぎっていく。その影が孕む感情面の暗黒で、なにかがなんらかの絶対的合図となる音を待っているのが感じられる――たとえるなら、密林で枝が折れる音のような合図を……。

全身をわななかせて息を吐きだした。危険はどうやら顕在化することなく通りすぎた。ここでヘイトは自分の能力を制御し、心理的枷《かせ》の一部を排除して、演算能力者《メンタート》の意識に没入した。これは緊急的な措置であって――けっして最良の方法とはいえないのだが――いまは無理をしてでも強行するしかない。演算能力者《メンタート》意識の中では、実在の人々が亡霊のような影となって活動していた。いまのヘイトは、これまでに遭遇したすべてのデータの〝積み替え駅〟状態にある。ヘイトという存在に住むさまざまな可能性を秘めた存在たち

——それらがつぎつぎに検証され、比較判別されていく。

額に玉の汗が噴きだした。

輪郭の曖昧模糊とした思考の群れが、羽毛のようにふわふわと暗黒へ——未知の領域へ流れこんでいく。あの領域、あれは無限系だ！ 演算能力者《メンタート》は自分で認識しないかぎり、無限系の中で機能し、作業をすることはできない。既知の知識は有限であり、無限を包みこむことは不可能だ。有限の領域に無限の領域を格納することなどできはしないのだから。無限を格納するためには、自分が無限にならなくてはならない——たとえ一時的にでも。

ほどなく、ひくひくと痙攣する統一的全体に遭遇し、その中に求める対象を見つけた。ビジャーズだった。ビジャーズが目の前に座し、内なる炎を燃えあがらせている。

（ビジャーズ！）

あの矮人め、おれになにかしたんだ！

ヘイトは自分が死の穴の縁に立ち、ぐらぐら揺れているのを感じた。いまにもその穴に落ちてしまいそうだ。急いで演算の索条《さくじょう》を前に投げ、自分の行動がなにをもたらしうるか探りにかかった。

「衝動強迫か！」あえぐようにして、ヘイトはつぶやいた。「おれはあの男に衝動強迫を仕込まれていたのか！」

おりしも、青いローブを着た伝書係がそばを通りかかった。

「ん？　なにかいったか？」

男のほうを見ようともせず、偶人《ゴウラ》はうなずいた。

「いったとも――すべてをな」

とっても賢い男がひとり
飛びこんだ先は
お砂がいっぱい
お砂が熱くてさあたいへん！
お目々は焼けてしまったけれど
男はそれでも気にしない
啓示の力を身につけて
とうとう聖者になりました。

――「わらべ唄」
『ムアッディブ史』より

暗闇の中、ポールは群居洞《シエチ》の外で岩場に立っていた。予知能力がもたらす幻視の記憶は、いまが夜であることを告げている。左手に高くそびえる顎岩《あごいわ》の頂で、月光を受けた聖堂がシルエットになっていることも。ここは記憶に深く焼きついた場所であり、最初に訪ねた群居洞《シエチ》であり、自分とチェイニーが……。

（チェイニーのことを考えてはだめだ）ポールは自分に言い聞かせた。

いよいよ残りわずかとなってきた幻視の記憶は、依然として視力の代わりを務めており、周囲のさまざまな変化を見せてくれている。右手のずっと遠くにはヤシ園ができていた。黒と銀のラインは、今朝の嵐で高く積もった砂丘のあいだをぬって水を運ぶ灌漑用水路《カナート》だ。

（砂漠のただなかを水が流れるとはな！）

それで連想したのは、種類を異にするあの水流——生まれ故郷の惑星カラダンを流れていた〝河〟だった。住んでいた当時は、あのような水流が宝だとは気づいてもいなかった。あの河どころか、砂盆を貫く灌漑用水路《カナート》の底を細々と流れゆく濁った水流、これさえもが宝といえる。

背後で補佐官がさりげなく咳ばらいをし、歩みよってきた。

ポールは両手を伸ばし、金属繊維紙を一枚だけ張った磁力クリップボードを受けとった。灌漑用水路《カナート》の水流のようにのろのろとした動きだった。幻視は依然として流れてはいる。

だが、それに合わせて動く気持ちはどんどん淀むばかりだ。

「失礼いたします、陛下」補佐官が声をかけてきた。「センブール条約の協定書をお持ちいたしました。ご調印をお願いできますでしょうか」

「なんの書類かは見ればわかる！」ポールは憤然と答え、署名欄に〝アトレイデス帝〟と手早くサインし、補佐官が差しだしている手にクリップボードを突きつけた。相手が震えあがることを承知しての行動だった。

補佐官が逃げるように去っていく。

ポールはふたたび、群居洞《シエチ》付近の一帯に向きなおった。

(なんと醜悪な不毛の地だ！)

イメージにあるのは、強烈な陽射しにじりじりと焼き焦がされ、地表は猛烈に熱くなり、砂滑りが頻出する地だった。砂丘と砂丘のあいだには砂だまりが暗黒の淵となって淀み、強風は岩場じゅうに小さな砂丘を積もらせ、岩場に散らばる無数のせまい空洞を黄土色の結晶砂で詰まらせる。だが、ここは同時に豊穣の地でもあった。嵐に蹂躙《じゅうりん》された広漠たる砂漠、城の幕壁のように連綿とそそりたつ絶壁、崩れゆく尾根——そんな景観に囲まれたこのせまい地は、潤いに満ちた生物世界を爆発的ともいえる勢いで育んでいる。

この地が必要としていたものは、水……それと、愛情のみ。

この苛酷で変化知らずの環境を、生物は優美なもの、動きをともなうものに変貌させてしまった、とポールは思った。それが砂漠のメッセージだ。あまりにも極端な対比の前に、ただただ呆然としてしまう。群居洞《シエチ》の入口には補佐官たちが固まって立っていた。あの者たちに向きなおり、こう叫んでやりたかった――崇拝の対象が必要なら、生物を崇拝しろ――すべての生物を、蠕虫《ぜんちゅう》の一匹一匹にいたるまで例外なく崇拝しろ！　われわれはみな、この美しい世界に共棲しているんだぞ！

だが、あの者たちには理解できないだろう。砂漠においては、生物の世界も果てしなく広がる砂の海の一部でしかない。植物を成育させたからといって、その植物が華麗な舞を披露してくれるわけでもない。

脇に降ろした両手をぐっと握りしめ、幻視を停めようと苦闘した。自分自身の精神から逃げだしてしまいたい。それは自分をひと呑みにしようと襲いくる巨獣だ！　自分の中に横たわる意識は、これまでに吸収したありとあらゆる人生で重く濡れそぼり、あまりにも多くの経験で飽和状態になっている。

自分の思考の手綱をとり、ポールは懸命に外へ向けようとした。

（星々！）

頭上に散らばる無数の星々、その広大無辺の広がり。この新たな思考に、貪婪《どんらん》な意識は怯《ひる》んだ。これほど膨大な星々の、ごくわずかな一部でも支配できるなどと妄想する人間は、なかば狂っているにちがいない。自分の帝国の版図における臣民の総人口にいたっては、想像のとば口に立つことさえできない。

臣民？　これはむしろ〝崇拝者と敵〟と呼ぶほうが適切だろう。そのなかに、硬直した思いこみにとらわれていない者がひとりでもいるだろうか？　自分の偏見が生んだ矮小な運命から逃れえた者がどこかにいるのか？　皇帝でさえ運命を逃れられないというのに。

ポールはすべてを簒奪《さんだつ》する生き方を送り、自分が持っているイメージにふさわしい宇宙を創りだそうと試みてきた。しかし、そうやって意気揚々と築きあげてきた宇宙は、ついに音なき怒濤《どとう》となって自分に打ち寄せはじめた。

〈〈デューン〉に唾を！〉ポールは思った。〈おれの水分を捧げることになるとはな！〉

複雑な運動と想像で、月光と愛情で、アダムよりも古い祈りで、灰色の崖と真紅の影で、哀悼と尽きせぬ殉教者で、みずから営々と築きあげてきたこの神話は――結局のところ、どこに終着した？　波が退いたとき、そこに残って連綿と広がるのは――無垢でうつろで、数知れない記憶の砂粒のみがきらめく〈時〉の岸辺ではないか。それは人類の黄金時代の始まりなのだろうか？

そのとき、岩場の砂をジャリジャリと踏む音が近づいてきた。すぐうしろに立ったのは、あの偶人《ゴウラ》だった。

「きょうはずっと、おれを避けていたな、ダンカン」ポールは語りかけた。

「その名でわたしを呼ぶことには危険がともないます」偶人《ゴウラ》は答えた。

「知っている」

「わたしは……警告しにまいりました、わが君《ム・ロード》」

「知っている」

ここで偶人《ゴウラ》は、ビジャーズに衝動強迫を仕込まれた経緯を打ち明けた。

ポールはたずねた。

「あの男が衝動強迫でなにをさせようとしたのか、知っているか？」

「暴力行為です」

当初からずっと差し招いていた瞬間に、自分はいよいよ到達しようとしている——そう感じたポールは、気死《きし》したように立ちつくした。自分は聖戦《ジハード》に呪縛されて、ただひとつの降下経路しかとれなくなった。未来のとてつもない重力により、けっして脱出することのできない経路にだ。

「ダンカンから暴力をふるわれることはないさ」ポールはささやくようにいった。

「ですが、ム・ロード……」

「まわりになにが見えるか、いってみてくれ」ポールはうながした。

「ム・ロード？」

「砂漠のことだよ――今夜はどんなぐあいだ？」

「お観えになっているのでは？」

「おれには目がないんだぞ、ダンカン」

「しかし……」

「あるのは幻視だけだ。こんなもの、なければよかったのにと思うばかりさ。予知能力は、自分がまもなく死ぬと告げている。それは知っていたか？　ダンカン？」

「おそらく……ム・ロードの恐れておられる事態は起こらないかと」

「ほう？　わが啓示を否定するのか？　啓示が現実となるところを何千回も経験してきたおれには、否定したくてもできないのだがな。人はそれを、〝力〟や〝賜物〟と呼ぶが。じっさいには〝災い〟だ！　自分の人生なのに、啓示は好きに生きさせてくれない！」

「ム・ロード」偶人《ゴウラ》はつぶやくようにいった。「わたしは……否定など……若きあるじよ、あなたはけっして……わたしは……」

そこまでいって、黙りこんだ。

ポールは偶人《ゴウラ》の混乱を感じとり、たずねた。

「いま、おれをなんと呼んだ、ダンカン?」

「はい? わたしがですか? ……すこしお待ちを……」

「〝若きあるじ〟と呼んだんだ」

「はい、たしかに」

「ダンカンはいつも、おれをそう呼んでいた」ポールは手を伸ばし、偶人《ゴウラ》の顔に触れた。「その呼び名は、トレイラクス会で受けた教育にあったか?」

「ありませんでした」

ポールは下に手をおろした。

「では、どこからその呼び名が出てきた?」

「どこからともなく……心の奥底から」

「いわば二君に仕えているわけだ」

「おそらくは」

「偶人《ゴウラ》であることをやめろ、ダンカン」

「どうやって?」

「おまえは人間だ。人間がすることをするがいい」

「わたしは偶人《ゴウラ》です!」

「だが、おまえの肉体は人間のものだろう。ダンカンはそこにいる」

「たしかに、なにかはおりますが……」

「具体的な手段はともかく」ポールはいった。「おまえは偶人《ゴウラ》ではなくなる」

「それも予知でごらんになられたと？」

「予知などくそくらえだ！」

ポールはくるりと背を向けた。幻視が急迫してきつつある。あちこちが欠けて観えない部分もあるとはいえ、これはとうてい押しとどめられる性質の幻視ではない。

「ム・ロード、もしも――」

「しッ！」ポールは片手で制した。「あれが聞こえたか？」

「なにがです？　ム・ロード？」

ポールはかぶりをふった。ダンカンには聞こえなかったらしい。だとしたら、いまのは幻聴だったのか？　砂漠からの声が、はるか遠くから低く呼びかけてきたのは――部族における自分の名だった。

「ウスール……ウ……ス――ル――……」

「なんだったのです、ム・ロード」

ポールはふたたび、かぶりをふった。観られているのを感じる。夜の影の中で、彼方にいるなにかが、自分がここにいることを知っている。なにか？　いいや――〝だれか〟だ。「なによりも愛おしい声だったのさ」ささやくように、ポールは答えた。「そしてきみは、だれよりも愛おしい存在だった」

「なんのことをおっしゃっているのです、ム・ロード？」

「未来のことをだよ」

外に広がる宇宙、形の定まらぬ人類圏の宇宙は、急激な変化を経験し、ポールの幻視に合わせて踊った結果、最後に強烈な調べを奏でた。宇宙はその残留エコーに耐えなければならない。

「わたしにはわかりません、ム・ロード」

「フレメンはな、砂漠からあまり長く離れていると死んでしまうんだ」ポールはいった。

「フレメンはそれを〝水病《みずや》み〟と呼ぶ。不思議な名前だろう？」

「とても不思議です」

ポールは記憶に意識を凝らし、あの晩、そばに横たわっていたチェイニーの息づかいを思いだそうとした。

（慰めはどこにある？）

思いだされるのは、砂漠に向かって出発したあの日、いっしょに朝食をとったときの、チェイニーのようすだった。あのときチェイニーは落ちつかず、いらだっていた。

「どうしてそんなに古い上着を着ていくの」チェイニーはとがめた。ポールがフレメンのローブの下に赤いタカの紋章がついたアトレイデス家の黒い制服を着ていたからである。

「あなたは皇帝なのに！」

「皇帝といえども、気に入りの服はあるものさ」

そう答えたとたん、ポールにはわからない理由で、チェイニーの目に涙があふれだした。彼女の人生においてフレメンの禁忌が破られた、二度めの瞬間がそれだった。

いま、暗闇の中、ポールは自分の顔に手を持っていき、両の頬が涙で濡れていることに気がついた。

(死者に水分を手向けるのはだれだ？)

それは自分の顔でありながら、自分の顔ではなかった。濡れた肌にあたる風が冷たい。儚い夢が生まれたのち、すぐにはじけた。この胸のふたつの膨らみはなんだ？　なにかを食べたせいでこうなったのか？　もうひとりの自分、死者に水分を手向ける自分の行為の、なんとほろ苦く哀調に満ちていることか。砂混じりの風が頬を打つ。涙はもう乾いている。この顔は自分のものになった。だが、全身に残るこのわななきはだれのものだろう。

そのとき、遠く群居洞《シエチ》の奥深くから、嘆き悲しむ悲痛な声が聞こえてきた。嘆きの声は大きくなり……ますます大きくなってゆき……。

だしぬけに、背後からまばゆい光が射した。偶人《ゴウラ》がさっとふりかえる。だれかが群居洞《シエチ》入口の気密扉を大きく開け放っていた。その光を背景に、偶人《ゴウラ》はひとりの男が口を歪めて笑っているのを見た。いや——ちがう！　笑っているのではない。あれは嘆きの表情だ。悲しみに顔を歪めているのだ！　それはフェダイキンの中尉で、タンディスという名前の男だった。そのうしろから人がぞろぞろと出てきた。そしてその全員が、ムアッディブを見るなり、一様に黙りこんだ。

「チェイニーさまが……」タンディスがいった。

「逝ってしまったか」ポールはつぶやくように返答した。「聞こえたよ——チェイニーの呼び声が」

そして群居洞《シエチ》に向きなおった。この場面はよく見知っている。ここだけは正視せざるをえない。いよいよの時が押しせまるなかで、幻視は群居洞《シエチ》の外に出てきたフレメンたちをはっきりと視認させた。タンディスが見える。その悲嘆、その恐怖が、その怒りまでもが感じとれる。

「彼女は逝ってしまった」とポールはいった。

偶人《ゴウラ》はついにそれを耳にした。

燃え盛る光冠《コロナ》から吐きだされてきたかのようなそのことばは、胸を焼き焦がし、脊椎《せきつい》を燃えあがらせ、金属の眼球が収まった眼窩を焼けただれさせた。

右手がベルトのナイフへ動いていく。自分自身の思考が奇妙にちぐはぐになっている。いまの偶人《ゴウラ》は恐るべき光冠から垂れる操《く》り糸《いと》にしっかり結わえつけられた傀儡《くぐつ》——他者の命令にしたがい、他者の欲求にしたがって動く、操り人形でしかない。傀儡回しの糸が、自分の手を、脚を、あごを動かしている。

口から音が絞りだされた。何度も何度もくりかえされる、恐るべきその音は——。

「……ろせ《ラーク》！　殺せ《フラーク》！　殺せ《フラーク》！」

ナイフを構え、突き刺す体勢をとった。

その瞬間、偶人《ゴウラ》は自分の声を強引に奪い返し、かすれがちのことばを発した。

「逃げろっ！　若きあるじよ、走れっ！」

「皇帝は走ったりなどしない」ポールは答えた。「動くときは威厳をもって動く。さあ、オシームとの約束だ、為《な》そう——為さねばならぬことを」

たちまち、偶人《ゴウラ》の筋肉は硬直した。全身が震え、ぐらつきだす。

〝……為さねばならぬことを！〟

そのことばは、いまにも釣りあげられそうな大魚のように、偶人《ゴウラ》の心中でのたうった。

〝……為さねばならぬことを！〟

ああ、かの老公爵を……ポールの御祖父堂を思わせるこの口調。わが若きあるじには、老公と相通じるものがある。

〝……為さねばならぬことを！〟

そのことばは偶人《ゴウラ》の意識の中に展開された。意識全体に、別人同士の二者が各々の生を同時に生きている——そんな感覚が広がっていく。ヘイト／アイダホ／ヘイト／アイダホ……。やがて彼は相互に連関する存在を結びつけ、単一にして唯一の存在に昇華させる、静止した鎖と化した。古い記憶が奔流となり、心中にあふれだす。偶人《ゴウラ》はそれらを評価し、新たな理解に向けて調律し、新たな単一意識の統合へといたる取っかかりとした。新たな人格は暫定的な形態を獲得し、心に君臨する暴君の形をとった。なおも残留する人為的に組みこまれた傀儡《くぐつ》意識は、潜在的な無秩序性をふるって抵抗したが、進行中の事象群は、いまの暫定的意識のありかたを後押ししている。

若きあるじには、このおれ《ヽヽ》が必要なのだ！

かくて統合は完了した。いまの彼は自分がダンカン・アイダホであることを知っている。それと同時に、ヘイトのすべてを記憶してもいる——あたかも、ひそかに自分の心の中に組みこまれていた傀儡意識が発火触媒で燃えあがり、燃えつきたあとであるかのように。

光冠は分解した。トレイラクス会に植えこまれていた衝動強迫も排除された。

「そばにいろ、ダンカン」ポールがいった。「おまえにはいろいろと頼らねばならない」

アイダホは放心したように立ちつくしている。それを見て、ポールは大声で一喝した。

「ダンカン！」

「は、はい──わたしはダンカンです」

「もちろん、ダンカンに決まっている！　いまこそ、おまえが現世に戻ってきた瞬間だ。さあ、群居洞《シエチ》に入るぞ」

アイダホはポールのあとにつづいて歩きだした。まるでむかしに戻ったかのようだが、けっして同じわけではない。トレイラクス会の呪縛から解放されたいまであれば、むしろあの者たちに施された能力を的確に評価できる。一連のできごとがもたらしたショックを乗り越えられたのは、禅スンニ派式自己修練の成果だった。加えて、演算能力者《メンタート》としての能力が釣り合い錘《おもり》となってくれてもいた。おかげですべての恐怖を拭《ぬぐ》い、純然たる事実の上に立つことができる。彼の新たな統一意識は、無限の驚異に満ちた立ち位置から外界を眺めやった。自分は死んでいた。そしていまは生きている。

「陛下」ふたりが近づいていくと、フェダイキンのタンディス中尉が報告した。「あの女、リクナですが。陛下にお会いしなければならないと執拗に申しております。いまは待機させておりますが」

「それでよい」ポールは答えた。「で、出産は……」

「医師たちの報告をそのままお伝えしますと」タンディスはポールと歩調を合わせて歩きだした。「お生まれになったのはおふたりで、ともにご健康とのことです」

「ふたり？」ポールはふいによろめき、アイダホの腕につかまった。

「男子と女子です」タンディスは答えた。「この目でも拝見しました。立派なフレメンのお子さまたちです」

ポールは聞きとれないほどのかすかな声で問いかけた。

「どんな……ふうに……どんなふうに旅立った？」

「ム・ロード？」タンディスが顔を近寄せてきた。

「チェイニーだ」

「原因はご出産時の過大な負担でした」タンディスは暗い声で答えた。「おからだが急な出産に耐えきれなかったそうです。自分にはよくわかりませんが、医師たちはそのように……」

「チェイニーのもとへ連れていけ」ポールは小声で命じた。

「ム・ロード？」

「チェイニーのもとへ連れていけ！」

「いま向かっております、ム・ロード」ここでタンディスはポールの耳元に顔を近づけて、「ところで、あの偶人《ゴウラ》はなぜ、抜き身のナイフを持っているのでしょう？」

「ダンカン、ナイフを鞘に収めろ」ポールは命じた。「暴力の時は過ぎた」

指示を出しながらも、ポールは別のことに気をとられていた。こうした状況でことばを口にできること自体も不思議だが、それよりも注意を引きつけてやまないのは、さきほど自分の口から出たことばだ。

ふたり！　自分の子が！　幻視ではひとりだったのに。

だが、それ以外は幻視で見たとおりに進んでいる。すぐそばには、悲しみ、憤っている人間もひとりいる。この男の名前はなんといっただろう。ポール自身の意識は、恐るべき踏み車《トレッドミル》に縛りつけられた状態で、記憶の中から自分の生を再生していた。

（子供がふたり？）

またしても、よろめいた。

（チェイニー、チェイニー……ほかに選べる道はなかったんだ。チェイニー、愛する女《ひと》よ、信じてほしい、こんどの死に方のほうが苦しみが短くて……負担の小さいものだったんだ。この道を選ばなかったなら、敵はぼくらの子供たちを人質にとり、きみを檻《おり》に閉じこめ、奴隷市場でさらしものにし、ぼくが死んだ原因を作ったとして、きみに罪をなすりつけていただろう。いまの形に……こういう形にすることでのみ、敵を滅ぼし、かつ子供たちを救うことができたんだ。

子供たち？）

三たび、よろめいた。

（この事態を許容したのは自分だ）とポールは思った。（罪の意識をおぼえてしかるべきじゃないか）

行く手の洞窟の中では混乱に満ちた騒ぎが起きており、幻視の記憶にあるのとまったく同じ瞬間に、それはいっそう大きくなった。そう、これは何度も何度も経験した〈結構《パターン》〉、仮借なきあの〈結構《パターン》〉だ――子供がふたりになったとしても、それは変わらない。

（チェイニーは死んだ）自分にそう言い聞かせる。

はるか遠い過去の一瞬、ほかの者たちとも共有していたその一瞬において、この未来はポールに降りてきた。その未来はポールを追いたて、岩の裂け目の中へ、岩壁が左右からせばまり、奥へいくほどせまくなる裂け目の中へと追いこんだ。その岩壁がいま、自分を押しつぶそうと迫ってくるのが感じられる。これは幻視が観せたとおりの道程だ。

（チェイニーは死んだ。ほんとうなら悲嘆にくれるべきところなのに――）

それは幻視が観せた展開ではない。

「アリアは呼んであるか？」ポールは問いかけた。

「はい、チェイニーさまのご友人たちとともにおられます」タンディスが答えた。

ポールが進むにつれて、みなが道をあけ、波濤《はとう》のように静寂が広がった。混乱に満ちた喧噪が静まりはじめる。密集感が群居洞《シエチ》を満たしていた。洞内の者たちを幻視から消してしまいたいと願ったものの、それは無理な相談だった。自分に向けられているどの顔も、判で押したように同じ表情を浮かべている。たしかに悲しんではいるが、憐憫《れんびん》はどこにもない。あるのは好奇心だけだ。しかし、フレメンたちの心に横溢する残酷さは理解できた。この者たちはいま、能弁家がことばを失うさまを、そして賢者が愚者になるさまを眺めているのだから。道化とはつねに、見る者の残酷さをかきたてるものではないか。

これは饗宴をともなう祭式通夜《ウエイク》ほどに派手ではないが、通常の通夜《デスウォッチ》ほどしめやかでもない、故人を弔う儀式なのだ。

自分の心はすこし休ませてくれと願っていたが、幻視はなおもポールを動かしつづけた。

（あとわずかだけ、先へ進め）そう自分に言い聞かせる。

もうすこし進みさえすれば、幻視のない暗黒が黒くぽっかりと口をあけて待っている。

そこにあるのは、悲しみと罪悪感によって幻視から剝ぎとられた場所――月の墜落先だ。

よろよろと、その暗黒に踏みこんだ。アイダホが力強い手で腕を支えてくれなければ、危うく床に倒れこんでいただろう。アイダホの力強さは物語っていた――この男は無言であるじの悲しみを分かちあうすべを心得ている。

「チェイニーさまはこちらに……」タンディスがいった。

「足元にお気をつけを、ム・ロード」これはアイダホだ。

アイダホはそういいながら、入口の敷居をまたぐさいに手を貸してくれた。仕切り布が顔をなでていく。アイダホに腕を引っぱられ、ポールは立ちどまった。そこに部屋があることは、肌で感じられた。頬が、耳が、音の反響のようなもので刺激されているからだ。そこは掛け布で隠された岩屋の奥の、岩壁のみでおおわれた空間だった。

「チェイニーはどこだ？」ポールはささやき声でたずねた。

答えたのはハラーの声だった。

「ここにおられます、ウスール」

身を震わせて、安堵の吐息をつく。すでにチェイニーの亡骸は取水室へ運ばれたのではないか、フレメンが部族のために水を回収しようとしているのではないかと恐れていたが、そうではなかったようだ。幻視ではそうなっていたろうか？　幻視による視力をも失ったいま、ポールはひとり取り残されたような感覚に陥っていた。

「子供たちは？」ポールはたずねた。

「やはり、ここにいらっしゃいます、ム・ロード」アイダホが答えた。

「珠《たま》のような双子のお子さまですよ、ウスール」ハラーがいった。「男の子と女の子です。「ごらんになれるでしょう？　ひとつの新生児かごにふたりで収まっていらっしゃる」

（子供がふたり……）

　けげんな思いをぬぐえなかった。幻視に顕われたのは、女の子ひとりだけだったのに。

アイダホの手をそっとほどき、ハラーの声がしたほうへおぼつかない足どりで歩いていく。

なにか固いものの縁にぶつかったので、両手で探ってみると、メタガラスでできた新生児かごの輪郭がわかった。

だれかにそっと左腕をつかまれた。

「ウスール？」

ハラーの声だった。ハラーはポールの手をとり、かごの内側へ導いていった。左の手がやわらかな——ひどくやわらかな肌に触れた。とても温かい。はっきりと手に感じられる肋骨が起伏しており、呼吸していることが伝わってきた。

「こちらがあなたの息子です」ハラーはそうささやき、ふたたびポールの手を動かして、「こちらはあなたの娘」

そこでハラーは、ポールの手をぎゅっと握りしめた。

「ウスール……いまはほんとうに、目が見えないんですか?」

ハラーが考えていることはわかった。

(盲《めしい》は砂漠に棄てねばならない)

フレメンのどの部族も、自力で活動できない者を庇護したりはしないのである。

「チェイニーのところへ連れていってくれ」ハラーの問いを無視して、ポールはいった。

ハラーはポールの向きを変えさせ、左へ導いていった。

自分はチェイニーが死んだという事実を受け入れつつあるらしい——とポールは感じた。

自分はこの宇宙でほしくもない地位を手に入れ、適合しないからだに収まった。そして、
こんどは……。吸いこむ息のひとつひとつが感情を傷つける。

(子供がふたり!)

もしや自分は、もう二度と幻視がもどってこない道筋に入りこんでしまったのだろうか。

だが、それはもう、どうでもいいことに思える。

「——にいさまはどこ?」

背後にアリアの声がした。つづいて、駆けよってくる足音が。ハラーの手からもぎとるようにして自分の腕をとったアリアの手には、圧倒的な存在感が感じられた。

「急いで報告しなければならないことがあるの！」切迫した声だった。

「もうすこし待ってくれ」

「だめよ、いますぐでないと！　リクナのことなの」

「わかっている。だから、もうすこし待ってくれ」

「待っている時間なんてないわ！」

「時間ならあるとも。無限ともいえる時間がな」

「でも、チェイニーにはないのよ！」

「黙れ！」ポールはぴしゃりと命じた。「チェイニーは死んだんだ」

抗議しようとするアリアの口に、ポールは片手を押しあてた。

「黙れといっている！」

妹がことばを呑みこんだのを感じて、手を放す。

「ここで見えているようすを話してくれ」

「ポール！」いらだちと涙のせめぎあいで、アリアの声はひきつっていた。

「わかった。では、たのむまい」

やむなくポールは、みずからに強いて内なる静寂に埋没し、この瞬間を映す幻視の目を開いた。

そう——それはたしかに、そこにあった。チェイニーの亡骸は、発光球の環に囲まれて、葬送台に横たわっていた。だれかが出産時の出血を隠そうとしたのだろう、白いローブがきちんと整えられている。だが、そんなことはどうでもいい。幻視で観えるチェイニーの顔からどうしても意識をそらすことができない。ぴくりとも動かないこのおだやかな顔は、永遠を映す鏡そのものだ！

断腸の思いで亡骸に背を向けた。それでも幻視は追いかけてきた。チェイニーは逝ってしまった……もう二度と帰ってくることはない。空気も、宇宙も、なにもかもがむなしい。あらゆる場所がむなしいばかりだ。自分の懺悔《ざんげ》の本質はこれだろうか？　涙を流したい。なのに涙が出てこない。あまりにも長くフレメンのところにいたせいか？　チェイニーの死には水分を流すことこそ必要なのに！

そばで赤子の片方が泣き声をあげ、ハラーによしよしとあやされた。その泣き声により、ポールの幻視には幕が引かれた。訪れた暗黒にほっと安堵する。

（ここは別の宇宙なんだ）とポールは思った。（子供がふたり……）

その思考の寄りくる源は、失われた啓示トランスのどれかだった。ポールはメランジがもたらす無窮の〈時〉の拡張精神を取りもどそうと試みたが……意識がおよばなかった。新たに得たこの意識では、未来が爆発的に観えることはない。たぶん自分は、未来を——

ありとあらゆる未来を拒絶しているのだろう。

「さようなら、ぼくの愛する女《シーハーヤ》」ポールはつぶやいた。

そのとき、背後のどこかから、アリアの険しい声が飛んできた。

「リクナを連れてきたわ！」

ポールはふりかえった。

「それはリクナじゃない――踊面術士《フェイスダンサー》だ。リクナはとうに死んでいる」

「いいから、このひとの話を聞いて」アリアは食いさがった。

ポールはゆっくりと、妹の声がするほうへ歩いていった。

「――あなたがご存命と知っても、驚きはないと申しあげましょう、アトレイデス」

その声は、リクナの声に似てはいたが、微妙な差異があった。まるで話し手がリクナの声帯を使ってはいるが、もはやあまりていねいに制御しようとはしていない印象がある。その声に、むしろ奇妙な誠実さを感じとり、ポールはショックをおぼえた。

「驚きはない？」ポールは鸚鵡《おうむ》返しにいった。

「わたしはスキュタレー――トレイラクス会の踊面術士《フェイスダンサー》です。取り引きをするに先だって、ひとつお教えいただきたくぞんじます。あなたのうしろにいるのは偶人《ゴウラ》ですか、それともダンカン・アイダホですか？」

「ダンカン・アイダホだ」ポールは答えた。「それに、おまえと取り引きする気はない」

「いえいえ、取り引きには応じられると思いますよ」

「ダンカン」ポールは肩ごしに声をかけた。「このトレイラクス会の者を殺せといえば、おまえはそのとおりにするか？」

「はい、ム・ロード」アイダホの声には、懸命に抑えた狂戦士の怒りがにじんでいた。

「待って！」アリアが口をはさんだ。「にいさまは、蹴ろうとしている取り引きの内容を知らないから、そんなことを――」

「いいや、知っている」

「では、そこにいるのはまさしく、アトレイデス家士のダンカン・アイダホなのですね」スキュタレーがいった。「これはよい梃子《てこ》が手に入ったものです！　偶人《ゴウラ》にも過去を取りもどせるとは！」

ポールの耳は足音をとらえた。だれかが左横をすりぬけていく。スキュタレーの声は、こんどは背後から聞こえてきた。

「過去をどれだけ思いだしたのです？　ダンカン？」

「すべてをだ――子供時代からいまにいたるまで。変生胎《アホロートル》タンクから引きだされるとき、そばで見ていたおまえのことすら憶えている」

「すばらしい」スキュタレーは感に堪えないという声でいった。「すばらしい」

ポールはその声が移動していくのを聞きとった。

(やはり幻視が必要か)

闇の中にいては思うように対処できない。ベネ・ゲセリットの修行は、スキュタレーが恐るべき脅威であると看破している。しかし現状では、この怪物は声だけの存在であり、動く影であって——どうにもとらえがたい。

「これがアトレイデスの赤ん坊で？」スキュタレーがたずねた。

「ハラー！」ポールは声を張りあげた。「この女を連れだせ！」

「おおっと、その場を動くな！」スキュタレーが叫んだ。「全員だ！　警告しておくが、踊面術士《フェイスダンサー》はきみたちが思っているよりもすばやいぞ。だれかがわたしに触れる前に、わがナイフはこの子たちの命を奪ってしまえる」

ポールは何者かが自分の右腕に触れ、右へ移動するのを感じた。

「どうかそこでおとどまりを、アリア」これはスキュタレーの声だ。

「アリア」ポールは制した。「よせ」

「これはわたしのミスだわ」アリアは呻くように答えた。「わたしのミスよ！」

「さてさて、それではアトレイデス」スキュタレーが切りだした。「そろそろ取り引きとまいりましょうか」

背後でひとこと、慄然とする罵声が洩れた。アイダホの罵声に宿った殺意に、ポールはのどを締めつけられるような焦燥をおぼえた。アイダホを行動に移させてはならない！　スキュタレーに子供たちを殺されてしまう！

「取り引きをするためには売るものが必要です」スキュタレーがいった。「そうでしょう、アトレイデス？　そこで、どうです、チェイニーを生き返らせてみたくはありませんか？　われわれならば彼女を生き返らせることができますよ——偶人《ゴウラ》としてね、アトレイデス。完全な記憶を持った偶人《ゴウラ》として蘇らせるのですよ！　しかし、急がなくてはなりません。友人たちを呼んで、早く死体を低温タンクに保存させなさい」

（もういちどチェイニーの声を聞ける？　もういちどチェイニーをそばに感じられる？　なるほど、だからこの連中、アイダホを偶人《ゴウラ》に仕立てて送りこんできたわけか。蘇生者をどれほどオリジナルに近づけられるか、自分の目で見て納得させるために。だが、ここで——チェイニーを完全に復活させるとなると……言い値で買わされることになるだろう。以後、自分は永遠にトレイラクス会の道具にされる。それに、チェイニーも……ふたりの子供たちを人質にとられ、威《おど》されて、夫と同じ運命に縛られるばかりか、またも聖職省《クィザーリット》の陰謀の標的になってしまう……）

「チェイニーの記憶を完全に復活させるために、どういう条件を課す気だ？」冷静な声を出そうと努めながら、ポールはたずねた。「チェイニーに条件づけでも施すつもりか？　おまえたちに背いた場合、みずから子供のひとりを殺すような条件づけを？」

「必要とあらば、われわれはどのような条件づけでも利用します」スキュタレーは答えた。「あなたはどんな条件がお望みです、アトレイデス？」

「アリア」ポールはいった。「わたしの代理でこの人でなしと取り引きをしろ。見えない相手とは取り引きなどできない」

「賢明な判断です」スキュタレーはのどを鳴らすような声で応じた。「それでは、アリア、兄君の代理として、どんな条件を提示なさいます？」

ポールはうつむき、ぴくりとも動かないよう、全身を凝固させた。

い、
なにかが見えたのはそのときだった。

幻視に似てはいるが、幻視ではない。見えているのはナイフだ。すぐそばにある。そう、まさしく目と鼻の先に！

「すこし考える時間をちょうだい」アリアが答えた。

「わたしのナイフは辛抱づよいですがね」スキュタレーがいった。「チェイニーの遺体はそうでもありませんよ。手遅れにならないうちに答えることです」

ポールは自分がまばたきをするのをおぼえた。しかし、そんなはずはない……自分にはまぶたも眼球もないのだから。とはいえ、この感触！　これは目だ！　見え方はおかしい。眼球の動きもぎごちない。それでもこれは目にちがいない。

（見えた！）

ナイフがゆらゆらと視界に入ってきた。そこでやっと、その視点の主がだれであるかに気づき、衝撃で息がとまりそうになった。

これは子供のひとりの視点だ！

自分はいま、新生児かごの中から、スキュタレーが持つナイフを見あげている。ナイフは目と鼻の先できらめいていた。そして——岩屋の内部で向こうのほうに立った自分自身の姿も見えた——うつむき、声もなく立ちつくす、なんの脅威も感じさせない人物として。いまこのとき、岩屋の中にいるだれの注意もその人物には向けられていない。

ここでスキュタレーが切りだした。

「手はじめに、CHOAM《チョーム》の保有株を譲渡してもらいましょうか。全株です」

「全株？」アリアが険しい顔になった。

「全株です」

かごの中から見えている自分自身が、ベルトの鞘から結晶質《クリス》ナイフを引き抜いた。その動きは、奇妙な二重感覚をもたらした。自分の姿を見ながら、相手との距離と角度を測る。チャンスは一度きりしかない。ポールはベネ・ゲセリットの〈観法〉に則《のっと》って肉体を調《ととの》え、研ぎ澄ましたたったひとつの動作のために全身のバネをたわめ、自分自身を武器と化し、般若《プラジュニャー》、すなわち根源的な叡知のすべてを注ぎこんで全身の筋肉を完全な制御下に収め、洗練された一個の統合系に仕立てあげた。

一閃、結晶質《クリス》ナイフを放つ。ポールの手を離れたナイフは白銀の影となって宙をよぎり、スキュタレーの右目に突き刺さった。踊面術士《フェイスダンサー》は大きくのけぞり、両手を頭上にふりあげ、よろよろとあとずさり、背後の岩壁にぶつかった。ふりあげられた手から離れたナイフは――最前まで子供たちに向けられていたナイフだ――硬い音を響かせて岩天井にぶつかり、跳ね返って床に落下した。スキュタレー自身も壁から跳ね返り、前のめりに倒れこんだ。床に接したときには、すでに絶命していた。

なおも赤子の目を通して、ポールは室内にいる全員の顔が目のない男に向けられるのを見た。どの顔もショックの表情を浮かべている。そこでアリアが新生児かごに駆けよってきて、身をかがめ、中を覗きこんだため、ポールの視界はさえぎられた。

「よかった、ふたりとも無事だわ」アリアがいった。「ふたりとも、無事」

「ム・ロード」アイダホがささやくような声で、「いまのも幻視にあったのですか？」

「いいや」ポールはアイダホの声がするほうに向かって手を横にひと薙《な》ぎした。「いまは、そのことはいい」

「赦して、ポール」アリアがいった。「でも、この悪党がことば巧みに甘言を弄したものだから……チェイニーを生き返らせてやれると……」

「アトレイデス家の者には、断じて払うわけにはいかない代償がある」ポールは答えた。「それはおまえにもわかっているはずだ」

「わかってる」アリアは嘆息した。「ただね、つい誘惑に駆られてしまって……」

「人はみな、誘惑には弱いものさ」

ポールはそういって、一同に背を向け、手探りで手近の岩壁まで歩いていくと、そこにもたれかかり、たったいま自分がしたことを理解しようと努めた。

(どうなった？　なにがどうなったんだ？　新生児かごの中の目？)

いまにも驚倒すべき事実が明かされようとしている——そんな感触がある。

(ぼくの目だよ、とうさま)

ふいに、視力なきポールの目の前でことばが形成され、きらめいた。

(息子か！)ポールはつぶやいた。極度に低い声だったので、岩屋内のだれにも聞かれはしなかった。(おまえには……意識があるのか)

（あるよ、とうさま。見て！）

突然の脱力感にとらわれて、ポールは壁に背中を預けたまま、ずるずると下にすべっていった。さかさまにされ、力を吸いだされたような気分だった。自分自身の一生を急速に溯行しはじめる。父親《レト》が見えた。ついで、自分が父親《レト》自身になった。さらには、祖父に、そしてそれよりも前の代の父祖たちに。意識がくるくると回転しながら、男系《だんけい》の全系統が連綿と連なった道、めくるめく精神回廊を遡っていく。

（どうやって？）声には出さずに、ポールは問いかけた。

かすかな文字列が出現し、すぐさま薄れて消えた。大きすぎる負荷に耐えきれなかったような印象がある。ポールは自分の口から垂れたよだれを拭いた。連想したのは、レディ・ジェシカの子宮でアリアが覚醒したときのことだった。だが、ここに〈命の水〉はない。チェイニーにしても、メランジの過量摂取をしてはいない。それとも……していたのか？空腹に駆られるままに、チェイニーは過量のメランジを摂取していたのか？　それとも、ポールの血統に具《そな》わる遺伝的能力が発現したのか？　教母ガイウス・ヘレネ・モヒアムが予見していたような？

気がつくと、ポールは新生児かごの中に横たわっていた。アリアが上からかがみこみ、自分をあやしている。その両手がそっと自分をなでた。すぐ上に浮かぶ妹《アリア》の顔は大きく、まるで巨人の顔だった。そこでアリアに横を向かされ、となりに横たわる赤ん坊が視界に入ってきた。女の子だ。砂漠の民ならではの、肋骨がしっかりした、力強さを感じさせる女の子。頭はふさふさとした髪——黄色がかった赤毛でおおわれている。見ているうちに、その子が目をあけた。この目！　赤子の双眸からはチェイニーの目が覗いていた。そして……レディ・ジェシカの目も。ほかにもおおぜいの女性が、その目を通じてこちらを見ている。

「見て、これを」アリアがだれにともなくいった。「ふたりで見つめあってる」

「生まれたばかりの赤ん坊はね、目の焦点が合わせられないんですよ」ハラーがいった。

「わたしは合わせられたわよ」とアリア。

徐々に徐々に、ポールは自分が無限に連なる意識の回廊から解放されていくのを感じた。はっと気づいたときには、悲嘆にくれる自分のからだに戻り、岩壁にもたれかかっていた。アイダホが自分の肩をつかみ、そっとゆすっている。

「ム・ロード？」

背筋を伸ばしながら、ポールはいった。

「息子の名はレトにしよう——わが父にちなんで」

「命名の儀では」ハラーがいった。「わたしが母親の友人代表で、ム・ロードのとなりに立って、その名を授けましょう」

「娘の名は」ポールはつづけた。「ガニーマだ」

「ウスール！」ハラーが異を唱えた。「ガニーマは不吉な名前ですよ」

ガニーマはフレメンのことばで〝戦利品〟を意味する。戦いのことを忘れないようにという記念物の意味合いもある。

「だが、そのガニーマにきみは命を救われたんだ。そのむかし、アリアがおもしろがって、きみをガニーマと呼んだことがあったが、だからといって、格別目くじらを立てるようなことでもあるまい。娘の名はガニーマ――〝戦いで得られたもの〟だ」

そのとき、背後で車輪がきしみをあげて回転しだす音が聞こえた。チェイニーの亡骸を載せた葬送台が運びだされようとしているのだ。やがて水の儀式の詠誦がはじまった。

「ついにこのとき《ハル・ヤウム》が！」ハラーがいった。「そろそろ御前を失礼しますよ。聖なる真実を見とどけるために――友人のそばに立って最期を見送るために。以後、チェイニーさまの水分は部族のものとなります」

「チェイニーの水分は部族のものとなる」ポールはつぶやくように応えた。

ハラーが出ていく音がした。ポールは出口のほうに向かって手探りし、アイダホの袖を探りあてた。

「おれの区画に連れていってくれ、ダンカン」

自室に収まると、ポールは支えてくれるアイダホの手をそっとふりほどいた。そろそろひとりになるべき頃合いだ。

だが、アイダホが出ていくひまもなく、何者かが部屋を訪ねてきた。

「あるじよ！」戸口から呼びかけてきたのは、ビジャーズの声だった。

「ダンカン」ポールは命じた。「その男を二歩だけ前に進ませろ。そこから先へ近づいてこようとしたら、殺せ」

「心得ました」

「ほうほう、ダンカンとな？」ビジャーズがいった。「ほんとうに、ダンカン・アイダホなのかい？」

「ほんとうだとも」アイダホは答えた。「すべてを思いだした」

「とすると、スキュタレーの計画は成功したわけだな？」

「スキュタレーは死んだ」ポールがいった。

「しかし、おれは死んじゃいないし、計画もまたしかり。おれを成育した変生胎《アホロートル》タンクにかけて！　計画はかならずや成就する！　おれは過去に蒔《ま》いた種の成果を回収するだろう——そのすべてをな。それには、しかるべきトリガーを引きさえすればいい」

「トリガーだと？」ポールは鸚鵡返しにいった。

「ム・ロードを弑逆《しいぎゃく》する衝動強迫のことです」横からアイダホが説明した。その声からは強烈な怒りがこぼれんばかりになっていた。「演算能力者《メンタート》として推測するなら——この者たちは、わたしがム・ロードのことを、絶えて持ったことのない息子と見なすと判断した。それゆえ、本物のダンカン・アイダホの意識が目覚め、ム・ロードを殺すかわりに偶人《ゴウラ》の肉体を乗っとるだろうと想定していた。しかし……ことがそんな思惑どおりには運ばない可能性もある。答えろ、矮人よ、おまえたちの計画が成功せず、わたしがこの方を弑逆し奉っていたなら、どうするつもりだった？」

「ああ……そのときは妹を相手に交渉する手はずだったのさ。兄君を生き返らせたいなら、取り引きに応じろ、と持ちかけるつもりでいたんだよ。しかし、こうやって計画どおりに運んだほうが、得られるものはずっと大きい」

ポールは全身を震わせて息を吐きだした。会葬者たちが長い葬送回廊を通り、群居洞《シエチ》の奥深く、水分再生器のある岩屋へ移動していく音が聞こえる。

「まだまだ手遅れなんかじゃないぜ、ム・ロードよ」ビジャーズがいった。「愛する女《ひと》を取りもどしたくないのかい？　われわれならあんたのために彼女を復活させてやれるぞ。たしかに偶人《ゴウラ》ではある。しかし、見てみろ、そこにある完璧な蘇りの実例を。さあさあ、下働きの者たちに低温タンクを運びこませろ。あんたの愛する女《ひと》の肉体を保存しようじゃないか……」

さきほどよりも決断がむずかしかった。一番手のトレイラクス会士——スキュタレーの誘惑を退けるためにエネルギーを使いはたしてしまったからだ。しかも今回は取り引きの条件を突きつけられていない！　無条件でもういちどチェイニーの存在を身近に味わえる——もしそうなるのであれば……。

「黙らせろ」

アトレイデス家の戦闘言語を用いて、ポールはアイダホに命じた。

アイダホが戸口に向かっていく音が聞こえた。

「あるじよ！」ビジャーズが金切り声をあげた。

「おれを愛しているのであれば、ダンカン」ポールはなおも戦闘言語で、「おれのためにこいつを殺してくれ、おれが誘惑に屈する前に！」

「や、やめろぉぉ……」ビジャーズの叫び声がこだました。

その叫び声は唐突に途切れた——恐怖に満ちた呻き声とともに。

「慈悲を与えてやりました」アイダホが報告した。

ポールは首をかしげ、聞き耳を立てた。会葬者たちの足音はもう聞こえない。群居洞《シエチ》の奥の奥、ずっと深い奥の院にある遺体取水室——部族が亡骸の水分を回収するその部屋で、いまこのとき、執り行なわれている儀式に——悠久のむかしから連綿とつづけられてきたフレメンの儀式に——思いを馳せた。

「……ほかに選択の余地はなかった」ポールはいった。「そのことはわかってくれるな、ダンカン？」

「わかっていますとも。十二分に」

「宇宙には、いかなる人間であれ、耐えられないことがある。わたしは自分に創りだせるかぎりの、ありとあらゆる有りうべき未来に干渉したが、結局、自分自身が救世主として創られることになってしまった」

「ム・ロード、けっしてご自分を……」

「この宇宙には答えのない問題が数多《あまた》ある」ポールはつづけた。「なにひとつ答えはない。その手の問題については、なにひとつ為《な》しえないんだ」

話しているあいだにも、ポールは自分と幻視のつながりが絶たれていくのを感じていた。心が怯《ひる》み、無限の可能性に圧倒されていく。そしてついに、失われた幻視は風のごとくに——気の向くまま吹く風のごとくに——希薄なものとなった。

われらは語る、ムアッディブは旅立ったのだ、われらが歩いても足跡の残らぬ彼《か》の地へ旅立ったのだと。

――『〈聖職省《クィザーリット》〉信経《しんきょう》』より

群居洞《シエチ》圏の外縁には、砂を食いとめるための灌漑《カナート》用水路が流れ、そこが緑地帯の限界となっている。アイダホは水路上にかかった岩の橋を渡り、そこから先に広がる砂漠に足を踏み入れた。そそりたつタブールの群居洞《シエチ》の絶壁は、背後の夜空を大きく覆い隠している。ふたつの月が投げかける白光が、絶壁の高い上縁をほんのりと白く縁どっていた。絶壁の麓《ふもと》から水路までを埋めつくしているのは果樹園だ。

アイダホは砂漠のきわで立ちどまり、うしろに向きなおると、ひっそりと静かな水路に垂れかかる花咲く枝々を、そして四つの月を――水面に映りこんでいる月ふたつと本物の月ふたつを――眺めやった。肌にあたる保水スーツの内部被膜がじっとりと濡れている。鼻孔《ノーズ》フィルターを通して忍びこんでくるのは湿った燧石《すいせき》のにおいだ。果樹園を吹きぬけてくる風は、嘲笑のようにも聞こえる枝葉のさやぎを運んでくる。アイダホは夜の音に耳を澄ませた。水際《みずぎわ》の草地に棲むトビネズミたちが動きまわる音。影になった絶壁に反響する、一羽のオナガフクロウのものうげな鳴き声。そのとき、広漠たる砂漠から、砂丘が崩れる喘鳴《ぜんめい》のような音が聞こえてきた。

アイダホはその音がしたほうへ向きなおった。

月光に照らされた砂丘の連なりには、いっさい動きが見られない。

ポールをここへ、砂漠の縁へ連れてきたのはタンディスだった。その後、タンディスはことの顚末《てんまつ》を伝えるため、ひとりで引き返してきた。かくしてポールは砂漠の奥へと歩み去った――ひとりのフレメンとして。

「陛下はお目が見えなくなっておられました。もはや完全に」群居洞《シエチ》に帰ってきたとき、タンディスはそういった――それですべての説明がつくかのように。「それまでは幻視を通じて、われわれに指示を与えておられたのです……しかし……」

そういって、タンディスは肩をすくめた。目が見えないフレメンは砂漠に棄てられる。ムアッディブは皇帝かもしれないが、同時にフレメンでもある。ポールはフレメンたちに後事を託し、子供たちを護り育てる態勢を構築したうえで、掟にしたがったのではないか。

結局のところ、彼はフレメンなのだ。

　絶壁にほど近いこのあたりでは、砂漠に細長く迫《せ》りだした岩場が多い。月の光で銀色に照らされていると、それらの突堤は白骨のように見える。その白骨が尽きるあたりから、砂丘が連綿と重畳《ちょうじょう》しだす。

（あの方から目を離すべきではなかった、たとえいっときでもだ）とアイダホは思った。

（あの方の考えておられることはわかっていたのだから）

「陛下はこう言い残されました。〝未来はもう自分の肉体的存在を必要としていない〟」

　報告のさい、タンディスはそういった。

「そして、わたしを残して歩みだされたのち、一度だけふりかえられ、こう叫ばれました――。

〝これでおれは自由だ〟

それが、わたしが最後に耳にしたおことばでした」

（なんとおいたわしいことか！）とアイダホは思った。

　フレメンは羽ばたき機《ソプター》も捜索隊もいっさい送りだそうとはしなかった。救援というのは、そもそもフレメン古来の慣習にそぐわない。

「きっとムアッディブにふさわしい蟲《ワーム》がいるはずだ」フレメンたちは口々にそういって、砂漠に身を捧げた者たちへの——シャイー＝フルードに自身の水分を捧げた者たちへの、弔詩を唱えた。「砂の母よ、時の父よ、生命の始原よ、ムアッディブに道を示したまえ」

アイダホは平らな岩の上に腰をおろし、砂漠を眺めやった。夜の砂漠はさまざまな迷彩紋様にあふれている。ポールがどこへ向かったのかを見定めるすべはない。

「〝これでおれは自由だ〟」

ポールの最後のことばを口にして、自分自身の声にぎょっとした。しばらくのあいだ、アイダホはとりとめのない考えに心をゆだねた。ふと思いだされたのは、カラダン時代、まだ子供だったポールを海辺の市場へ連れていった日のことだ。ぎらぎらと眩《まぶ》しく海面に照りつける太陽のもと、露店では獲れたての海の幸を売っていた。あのときはガーニー・ハレックが、九弦楽器《バリセット》の演奏を披露してくれたんだったな。あの日の愉悦と笑い声が——そして音楽のリズムが——心の中で陽気に跳ねまわり、過去の楽しい思い出に埋没させ、なかなか放してくれようとしなかった。

だが、ガーニー・ハレック？　ガーニーなら、みすみすこんな悲劇をゆるしてしまった自分を叱りつけることだろう。

そんな思いとともに、記憶の中の調べが薄れだした。

それと引き替えに浮かんできたのは、ポールのこんなことばだった。

〝この宇宙には答えのない問題が数多《あまた》ある〟

ポールは砂漠の奥地でどんな最期を迎えるのだろう、とアイダホは考えた。蟲《ワーム》によってすみやかな死を与えられるだろうか。それとも、酷熱の太陽に焼き焦がされ、じわじわと死んでいくのだろうか。群居洞《シエチ》に住むフレメンのなかには、こういって語りあう者たちもいた——ムアッディブは死なない、ムアッディブは霊魂《ルーフ》の地、すべてのありうべき未来を収める神秘界、すなわちアラム・ル＝ミサールへ入滅した、たとえ肉体は喪われようとも、アラム・ル＝ミサールに到達した人間はすべての身体的な制約から解き放たれる、以後は彼《か》の神秘界を自在に動きまわることになるだろう——。

（ポールは死ぬ。それを防ぐ力は、おれにはない）

だが、アイダホはこうも思うようになった。いっさいの痕跡を残さずに死ぬことは——なにひとつ、遺骸の一片すら残さずに、惑星全体を墓所とすることは、深慮に基づいた、遺された者たちに対する、ある種の思いやりではないのか。

（演算能力者《メンタート》よ、汝の能力をもって、その答えを導きだせ）

こんな思考を機に、あることばが記憶の中で頭をもたげた。フェダイキンのあの中尉が、ムアッディブの子供たちを警護するため衛士を配したさいに口にした、儀式的なことばだ。

〝警衛の任を賜りし衛士たるべく、一同、厳粛に務めを果たすべし……〟

政府の人間特有の大仰で尊大な言いまわしに、アイダホは怒りをおぼえた。贅言贅語《ぜいげんぜいご》はフレメンを堕落させた。あらゆる人間を堕落させた。人間が、あんなにも偉大な人物が、いま、砂漠のただなかに消えようとしている。それなのに、大仰なことばだけは残る……いつまでも……いつまでも……。

贅言を排した簡明な表現は、いったいどこへいってしまったのだろう。どこかの時点で——いまとなっては不分明な、この帝国が創建されたいつかの時点で、単純明快な表現は排除され、再発見されないように封印された。アイダホの精神は演算能力者《メンタート》流の方法論で、繁文縟礼《はんぶんじょくれい》に対する解決策を探し求めた。ややあって、一群の知識パターンがきらめくのが見えた。艶《つや》をたたえたローレライの頭髪よろしく、そのパターン群は差し招いている……差し招いている……そして歌声にすっかり魅了された水夫はエメラルド色の洞窟に……。

はっとわれに返ったアイダホは、硬直した忘却から引きもどされた。

(もうやめだ！　失敗にくよくよするくらいなら、こんな意識は自分自身の心の奥に消し去ってしまえ！)

自暴自棄の行動に出るその瞬間は、しかし記憶の中だけにとどまった。その瞬間を検証するうちに感じたのは、自分の生が宇宙そのものと同じほど長く、大きく引き延ばされる感覚だった。現実の肉体は凝縮され、意識というエメラルド色の洞窟の中、有限の存在となっているが、そのいっぽうで、無限の生が自分と生を分かちあってもいる。

立ちあがった。砂漠に浄化されたような思いだった。砂塵が風に乗って舞い、うしろで繁茂する果樹の葉表《はおもて》を打って語りだす。夜気《やき》は乾いた砂のにおい、侵蝕する砂のにおいを孕んでいた。急に突風が吹きさたり、ローブをばたばたとはためかせていった。

その風から、アイダホは感じとった——広闊《こうかつ》な砂漠のはるか遠く、ひときわ巨大な嵐が勃然と湧き起こり、幾多の長大な竜巻が螺旋《らせん》状に砂を巻きあげ、音高く荒れ狂いだすのを。それは骨から肉をやすやすとこそげとる、強力きわまりない砂の〝蟲《ワーム》〟だ。

（やがてポールは砂漠と一体になる）とアイダホは思った。（砂漠がポールを満たす）

そんな禅スンニ派的な考え方は、清浄な清水のようにアイダホの心を濯《すす》いだ。ポールは今後もみずからの意志で砂漠を往《ゆ》く。それはたしかだ。アトレイデス家の者はみずからを運命に委ねきったりはしない。たとえ委ねざるをえないと痛いほどわかっている場合でも。

そのとたん、ほのかな予知めいたものが芽生え、アイダホは未来の人々がポールを海になぞらえて語るところを観た。生が砂にまみれても、水はポールのあとからついていく。

〝肉体が沈んでもなお〟と人々はいう。〝あの方は泳ぎつづけた〟と。

そのとき、背後でだれかが咳ばらいをした。

アイダホがふりかえると、灌漑用水路《カナート》にかかった岩の橋に、ひとりの男が立っていた。スティルガーだとすぐにわかった。

「あの方が見つかることはない」スティルガーはいった。「だが、すべての人間はきっとあの方を見いだす」

「砂漠はポールを呑みこみ――神格化する」アイダホは応じた。「もっとも、ポールとて、ここでは干渉者だ。異郷の化学をここに持ちこんだんだからな。つまり、水をだよ」

「砂漠には砂漠の律動がある」スティルガーはいった。「われらはあの方を歓迎し、あの方を救世主《マフディー》と呼び、われらがムアッディブと呼び、秘密の名を与えた。〈柱の基部〉――ウスールと」

「とはいえ、ポールはフレメンとして生まれたわけじゃない」

「だからといって、われらがあの方を求めた事実は変わらん……そして、ついにあの方は、われらの――この地のものとなった」スティルガーはアイダホの肩にぐいっと手をかけた。

「すべての人間は干渉者なのだ、旧友よ」

「あんたも食えないやつだな、スティル」

「おうさ、食えないやつだとも。人類の進出で宇宙がいかに混沌としていたかを、おれは知っている。ムアッディブは、そんな混沌と無縁の状況を与えてくれた。すくなくとも、人類はムアッディブの聖戦《ジハード》をそのようなものとして記憶するだろう」

「ポールは砂漠へ死ににいったわけじゃない」アイダホはいった。「目こそ見えないが、ポールはけっしてあきらめたりはしない。彼は名誉と正道の人だからな。アトレイデスとして恥じぬありようをたたきこまれている」

「そしてあの方の水は、砂漠に注がれることになる」

スティルガーはいったんことばを切った。それから、

「こい」といって、そっとアイダホの腕を引っぱった。「アリアさまも帰っておられる。おまえに会いたいとのことだ」

「あんたといっしょに、マカーブの群居洞《シエチ》にいってたんだったな？」

「そうだ——軟弱化した指導者《ナイーブ》どもに活を入れるべく、獅子奮迅の働きをなさってきた。いまではみな、アリアさまの命令に服従するようになっている……おれもそのひとりだ」

「その命令とは？」

「まず第一に、叛逆者どもを処刑すること」

「そうか……」アイダホは眩暈《めまい》を起こしそうになるのをこらえ、群居洞《シエチ》の絶壁を見あげた。

「叛逆者とは、具体的に？」

「ギルドの大使、教母モヒアム、コルバ……そのほかの何人かだ」

「教母も処刑したのか？」

「この手でな。それはならぬとムアッディブは言い残していかれたが……」肩をすくめて、「こればかりはしたがえぬ。アリアさまも、おれがしたがわぬと承知しておいでだった」

アイダホはふたたび砂漠を眺めやった。自分が一個の完全な人間となり、ポールが創造した〈結構《パターン》〉の全体像を見通せるようになっている気がした。

〝理性戦略〟——アトレイデス家の訓練要諦では、それをそう呼んでいた。〝民は政府に従属するが、支配される側も支配者側に影響をおよぼす〟

この地で支配される側の者たちは、自分たちがどのようなものの創造に手を貸したのか、すこしでも理解していたのだろうか。

「アリアさまはな……」スティルガーはいいかけ、咳ばらいをした。すこし当惑しているような口調だった。「……おまえのそばにいて癒される必要があるそうな」

「そういう彼女も、いまや政府の要《かなめ》か」アイダホはつぶやいた。

「摂政にすぎん、それ以上のものではない」

「〝資産《フォーチューン》はあまねく行きわたるべし〟——お父君がよく口にしておられたことばだよ。この場合は幸運の意味か」

「われらは未来と取り引きをする。さあ、ともに中へ入ってくれるな？　おまえの協力が必要なのだ」そこでスティルガーは、またしても当惑ぎみの声になって、「アリアさまは……取り乱しておられる。憤慨されて兄君をののしられるかと思えば、つぎの瞬間には、兄君を悼んで泣かれるありさまだ」

「おっつけ、行こう」アイダホは約束した。

スティルガーが引き返していく足音が聞こえた。勢いを増した風に向かってアイダホは立ち、砂塵が保水スーツを打つにまかせた。

演算能力者《メンタート》としての意識が、未来へと流れてゆくさまざまな〈結構《パターン》〉を投射している。多様な可能性に目がくらみそうだった。ポールが始動させた荘厳な渦動の前には、何者も立ちはだかることができない。

ベネ・トレイラクスと航宙ギルドは手札の強さを過信して勝負を挑み、打ちのめされ、名を汚した。聖職省《クィザーリット》はコルバほか上層部の背信により、屋台骨が揺らいでいる。そして、ポールが最後に行なった自発的行為——最期においてもフレメンの慣習を受容し、砂漠に身を委ねたことは、ポールとアトレイデス家に対するフレメンの忠誠をゆるぎないものにした。ポールは永遠にフレメンの一員となったのだ。

「——ポールは行ってしまったわ！」ふいに、アリアの声がいった。感情の昂《たか》ぶりで少々声がうわずっている。見ると、アリアがすぐ横に立っていた。いつのまにか、アイダホが立っている場所に音もなく近づいていたらしい。「にいさまは馬鹿よ、ダンカン！」

「そんなふうにいってはいけません！」アイダホは語気を強めて諫《いさ》めた。

「わたしがいわなくったって、全宇宙がいうわ」

「なぜです？　楽園への愛ゆえに？」

「にいさまへの愛ゆえによ、楽園への愛ゆえにではなく」

禅スンニ派の自己洞察で深化したアイダホの意識は、アリアの中に幻視を感じとれずにいる。チェイニーが亡くなってからこちら、ずっとそうだ。

「妙な愛もあったものですね」アイダホはいった。

「愛？　ちがうわ、ダンカン、にいさまはね、重責さえ放りだせば生きていられたのよ！にいさまが引退したあと、残されたこの宇宙が崩壊しようと、それがなんだというの？にいさまは安穏と暮らせたわ……チェイニーといっしょに！」

「では……なぜそうしなかったのでしょうね？」

「天への愛ゆえによ」アリアはささやくような声で答えた。それから、もっと大きな声になって、「ポールの全人生は、聖戦《ジハード》と聖戦《ジハード》による神格化から解放される戦いに費やされてきたわ。そして、すくなくとも、にいさまは解放された。自分から解放を選んだのよ！」

「ああ、なるほど——啓示からの解放」アイダホは驚愕し、かぶりをふった。「あの方はあらかじめ、チェイニーさまの死さえも知っておられた。あの方の月が墜ちることを」

「やっぱり馬鹿だと思うでしょう、ダンカン？」

のどを締めつけられるような思いに、アイダホは声を出せなかった。悲しみをこらえているためだ。

「どうしようもない大馬鹿だわ！」アリアの興奮した口調は、いまにも自制を失いそうな響きをともなっていた。「にいさまは永遠に生きることになるんだもの。人はだれでも、かならず死んでしまうというのに！」

「アリア、どうか……」

「悲しくてしかたがないの」アリアはひどく低い声でいった。「ただ悲しくて悲しくて、しかたがないの。にいさまのためになにをしなければいけないのか、あなたにわかる？プリンセス・イルーランの命を救ってやらなければいけないのよ。あの性悪女の命をよ！あの女の嘆きぶりをいちど聞いてみるといいわ。むせび泣いて、死者に水分を手向けて、にいさまを愛していた、でもそれに気づいてなかった、なんてほざくんだから。修女会のことも悪しざまにののしって、これから先、ポールの子供たちの教育に一生を捧げます、ともいっていたわ」

「それを信じるのですか？」

「当人は信じてもらう気満々よ！」

「そうですか……」アイダホはつぶやいた。

演算能力者《メンタート》としての意識の前で、ポールが仕込んでいった最終的な〈結構《パターン》〉が、生地を染める意匠のように展開されていった。プリンセス・イルーランの修女会に対する離反は最後の一手だ。これでベネ・ゲセリットは、アトレイデス家の子孫に対する梃子《てこ》を完全に失ってしまう。

アリアが泣きだした。アイダホにもたれかかり、顔を胸に押しつけ、すすり泣きだした。

「ああ、ダンカン、ダンカン！　にいさまが――いってしまった！」

アイダホはアリアの髪にそっと唇を押しあて、ささやきかけた。

「どうか、泣かないでください」

アリアの悲しみが自分の悲しみと混じりあうのが感じられた――まるでふたつの小川がひとつの池に流れこむように。

「あなたが必要なの、ダンカン」アリアはしゃくりあげながら、「わたしを愛して！」

「愛しますとも」

アリアが顔をあげ、月光で白く縁どられたアイダホの顔を見あげた。

「知っていたわ、ダンカン。愛は愛を知るものだから」

そのことばを耳にしたとたん、アイダホの全身をおののきが走りぬけた。古い自分から引き離されるような感覚。アイダホはひとつのものを求めてこの惑星を訪れ、別のものを見いだした。まるで、古なじみでいっぱいの部屋にふらりと入ったつもりでいたところ、ずいぶん時間がたってから、じつは知りあいがひとりもいないことに気づいたような——そんな感覚だった。

アリアはそっとアイダホの胸を押しやり、かわりに手を握った。

「わたしといっしょにきてくれる、ダンカン？」

「あなたのいくところへなら、どこへでも」

アリアはアイダホの手を引き、岩の橋をつたって灌漑用水路《カナート》を渡り、そそりたつ絶壁の麓の暗闇へ——そしてその奥に広がる〈安全が保障された場所《シエチ》〉へと導いていった。

エピローグ

ムアッディブには取水棺の悪臭もない。
弔鐘《ちょうしょう》もなければ、貪欲な暗闇から
心を救う厳粛な葬儀もない。
彼は偽りの聖者、
黄金の異客《まれびと》として
理性の縁で永遠に生く。
気をぬけば彼はそこにいる!
血に染まる紅い平和と帝王の蒼白い顔は
予言の投網でわれらが宇宙を席巻し
気づけば視野の隅にいる——見よ!
星芒《せいぼう》鋭き星の密林から

神秘的で致命的な存在の、目を持たぬ予言者の、
予知の口寄せの、その声が尽きることはない！
シャイー＝フルードよ、異郷の地で彼は汝を待っている
恋人たちがともに歩み、目と目を合わせ、
けだるき愛を堪能する彼《か》の地にて。
彼は歩む、長き時の洞窟を、堂々と、
夢に見た偽りの自分をふりまきながら。

——偶人《ゴウラ》による賛美歌

訳者あとがき――「二十世紀のシェイクスピア」（内容に触れています）

〈デューン〉シリーズ初期三部作の第二作をお届けする。第一作の新訳版は、二〇一六年、ハヤカワ文庫補完計画の一環として出されたもので、続巻が新訳される予定はなかったが、二〇二一年に第一作の前半を描いた映画が公開され、今年二〇二三年の十一月には続篇の公開が決まったこともあり（日本公開は二〇二四年初頭とのこと）、原作三部作の残りも新訳される運びとなった。

数十年ぶりの邂逅で、ぼんやりの訳者にもやっと本書にこめられた作者の熱意と真意が見えてきた。予知した未来の強制力に抗う為政者ポールの苦悩を、敵味方の思索や思惑を絡めて掘りさげ、政治と宗教にかかわる人間の業を浮き彫りにする手腕もさることながら、エンターテインメントとしての面白さもきっちり維持し、ぐいぐい読ませる筆力にはただ感服するばかり。そしてこれは、魂の解放と救済の物語でもある。

これほどの力作の真価が読みとれなかったのだから、むかしはものを思わざりけり……いや、ここは『聖書』に則《のっと》って、使徒パウロのように、「われ童子《わらべ》の時は……思うことも童子の如く」というべきか。というのも、本書は徹頭徹尾、キリスト教がベースの物語に思えるからだ。だが、そうしたことに触れる前に、まずは書誌的なことから記していこう。

この長篇の初出は、ギャラクシー誌一九六九年七月号～十一月号。第一作が連載されたアナログ誌ではない。作者の長男、ブライアン氏による本書の序文にもあるように、節を曲げない作者と大物編集者とのあいだでいろいろあったようである。

雑誌に載ったのは本長篇の短縮版だが、「プロローグ」として前作の要約がついていた。これは同年十月刊のパトナム版ハードカバーと翌年六月刊のバークリー版ペーパーバックにも収録されており、本文庫の旧訳版にも訳載されている。が、七一年にイギリスで出たゴランツ版からは、「プロローグ」のあとに「死刑囚房における、イクスのブロンソとの会見より、抜粋」が加わり、その後しばらくはこれがあるものとないものが並存していたようだ。ところが、いつかの時点で「プロローグ」がはずされ、「死刑囚房――」がその位置に取って代わった。二〇〇八年には、エース・ブックスからハードカバーとして再刊、そのさい新たにブライアン氏の序文が加わって、以降は同版が決定版となる（といっても、バークリー版にはない妙な誤植があったりするのだが）。この新訳の底本になったのも、二〇〇八年版の流れを汲んだエース・プレミアム・エディションで、残念ながら、当初にあった「プロローグ」は載っていない。ただ、当該部分はペーパーバックで二ページ弱。大半は前作のあらすじで、重要なのは最後の数行——ポールがプリンセス・イルーランと政略結婚し、新皇帝の座についたことと、本書の物語が前作の終幕から十二年後に始まることだから、カバー裏や帯の説明で充分に補えるだろう。

さて、これも序文にあるとおり、発表当時の本書には不満の声も大きかったようである。一九六九年といえば、七月にアポロ11号の着陸船が人類初の月着陸を果たした年だ。当時、訳者は中学二年で、〈デューン〉シリーズの存在も知らず、ましてや『救世主』の評判も知らなかったわけだが、発表当時の英語読者が失望したというのはわからなくもない。なにしろ前作は、スペキュレイティヴな面でもエンターテインメントの面でも隙のないエポック・メーキングな大作である。中近世の世界観を投影したような銀河帝国を背景に、イスラームをはじめとする英語圏外の文化や宗教を網羅的に取りこみ、当時は斬新だった生態学を中心テーマにすえ、苛酷な環境とそこに対する適応を細密に作りこむ語り口は、複雑でリアルで生活感すら感じさせ、文学的な風格をもただよわせていた。

物語の面では、冒険活劇あり、陰謀譚あり、復讐譚あり、英雄譚あり、貴種流離譚あり、ラブロマンスもあれば親子の情愛や戦友間の友情物語もありで、ない要素が見当たらない。

アクションの面では、銃と剣の同居する近世風のコスチュームプレイがあるかと思えば、未来的な羽ばたき飛行機《オーニソプター》による空中戦もあり、多少はスペースオペラの要素も含む。科学的なガジェットもたっぷりとちりばめられているいっぽう、神秘主義的で怪しげな組織の暗躍もあり、サイエンスとファンタジー双方への目配りにも抜かりがない。

かてて加えて、生態系と密接にリンクした砂蟲《サンドワーム》の圧倒的な存在感！　同作以後、この巨大生物はさまざまな作家の作品に〝引用〟され、砂漠に棲むモンスターの定番となる。SF発でドラキュラやフランケンシュタインの怪物級の知名度を獲得したクリーチャーは、この生物が最初ではあるまいか。砂蟲《サンドワーム》にかぎらず、第一作が後世の作品に与えた影響はとてつもなく大きい。新訳ではじめて〈デューン〉に触れた若い読者の中には、たとえば『スター・ウォーズ』のあれやこれやがここからきていたのかと驚かれた方もおられよう。

そんなSFの金字塔の続篇ともなれば、同傾向の壮大な作品を期待するのが人情というもの。ところが、前作から四年たち、満を持して発表された本作は、前作で注目を浴びた要素があらかた削ぎ落とされ、ひたすら内省的な内容となっていた。派手な立ちまわりもスペクタクルな場面もなく、イスラームその他の多文化は影が薄れ、フレメンは官僚化と腐敗で堕落し、惑星の緑化と首都の近代化も進んで、生態学も砂蟲《サンドワーム》も社会変化や陰謀の文脈でしか出てこない。これでは一般的な読者ががっかりするのも無理はないだろう。

　しかし、前作とは方向性が異なることを受け入れ、意識を切り替えて臨みさえすれば、作者がこの三部作にこめた意図が見えてくる。すなわち〝権力に対する警鐘〟である。第一作で〝悪〟の権化を一掃し、英雄となったポールは、本書の冒頭では大量虐殺者と化している。興隆した宗教官僚機構の暴走という側面はあるし、ポールとしても予知した未来の強制力に抗い、もっと悪い事態を避けるべく最善の道を選んだ結果ではあるのだが、結局、殺戮と圧政は回避できず、帝国は強大ながらも四面楚歌の状態となってしまった。第一作で成功したポールは、本書で失敗したのである。それでは、為政者はどうするべきだったのか、どうあるべきなのか。その回答が語られるのが第三作であり、本書はいわば砂丘と砂丘の谷間に位置する。

　この成功・失敗・回答の三部構成は早い段階から構想されており、第二作・三作とも、第一作脱稿の前から部分的に書き進められていた。のちに、オムニ誌一九八〇年七月号に寄せたエッセイで、作者はこの構成を遁走曲《フーガ》に譬えている。三部作のテーマのひとつは、スーパーヒーローに気をつけろ、権力者の暴走に警戒せよ、というもので（その権力者の例として、序文にある人物たちのほかに、作者はムッソリーニ、スターリン、チャーチル、ローズヴェルトの名をあげている）、第一作でまずスーパーヒーローを作って成功させ、第二作でそれを裏返してフーガのように〝転調〟してみせたというのだ。

もちろん、あまり転調がすぎると、コアな読者さえもついてきてくれないから、そこは作者も読んでもらえるように頭を絞ったらしい。前作の人気キャラクターを再登場させたこともそうだし、前作とは傾向のちがう搦手《からめて》タイプの陰謀を物語に組みこんだこともそうだろう。

この陰謀の部分、ポールたちの苦悩と内省を物語の縦糸とすれば横糸にあたるわけだが、これが妙に面白い。切れ者なのかポンコツなのか、いまひとつ判然としない陰謀者たちが（死体の始末くらい、ちゃんとしなさいよぉ）、仲間同士で腹を探りあい、見くだしあいながら悪巧みを進めていく過程には、不思議に先へ先へと読み進ませるドライブ感がある。

ただ、焦点ぼけを防ぐためか、はたまた内容的に縦糸と横糸でせいいっぱいだったのか、本書からは第一作の多彩さが失われてしまった。あとに色濃く残ったのは、作者にとってひときわ重要と思われる三つの要素――戯曲、英国文化、キリスト教だ。

このうち戯曲的な要素は、第一作から濃厚に見受けられた。前作でも本書でも、会話というよりは対話、それも一対一の対話が多い。小説では一般に地の文で語られる世界観も、登場人物たちの対話を通じて語られる例が多くを占める。たとえば聖戦《ジハード》の現場を描写するとき、ふつうなら戦闘シーンが入りそうなものだが、本書では退役軍人の経験談として、台詞で叙述される。台詞の担う役割が地の文よりも圧倒的に大きいのである。

地の文自体、アメリカの作家らしからぬもってまわった表現が多いが、ことに台詞では芝居がかった凝った言いまわしが多用され、ときに文章を読んでいるというよりも名優の熱演を見ているような錯覚に陥ることがある。わけても、第一作でレト公爵がアラキスに着任した直後の晩餐会で見せる、理不尽な転封に対する怒り、政争に敗れた自分への憤り、星際政治へのいらだち、武力で負けはしないという自負、それでいて漠然と感じる敗北の予感と死への不安、それらがないまぜになった想いを吐露する姿は、まさに名優の演技を見ているようで、SFにこれほどの書き手がいたのかと舌を巻いたものだった。

ある意味、本書でレトと似た立場に立たされたポールも、ハムレットばりの苦悩ぶりを披露する。その思弁はまるでシェイクスピア悲劇の独白だ。

『アラビアのロレンス』をはじめとして、作者はさまざまなものから影響を受けているが、そのなかには、このシェイクスピアの国、英国《イングランド》の影響も含まれる。アトレイデス家は、わが君《ム・ロード》（マイ・ロードの短縮形）ほか、英国の古風な呼称を用いる傾向が強い。そうした家風を引き継いだためか、ポールの帝国政府でも英国の用語が目立つ。君主の諮問機関である枢密院《カウンシル》、枢密院勅令《オーダー・イン・カウンシル》、幾何学式庭園《フォーマル・ガーデン》などはみんなそうだし、本書の後半で指導者《ナイーブ》たちが審問に臨む大評議室の作りは、英国議会のそれを思わせる。イルーランの肩書き、プリンセス・コンソートも、基本的には王子妃を指すが、王妃にも使える由緒正しいもの。

ただし、先ごろ、カミラ妃が英国王妃になったさい、当初はこの肩書きで呼ばれるはずのところ、クイーン・コンソートに格上げされたという逸話からわかるように、プリンセス・コンソートは一段格が落ちる。皇帝の正妃でありながら最上級の肩書きでは呼ばれないところに、彼女の悲哀と憤懣があるわけだ。

こういった英国文化やシェイクスピアからの連想もあり、〈デューン〉の本筋は英国の名誉革命や清教徒革命に通じる要素がある気がして、ある機会におさらいしてみたところ、ポールと似た道を歩んだ人物に気がついた。オリヴァー・クロムウェルである。七〇年の英映画『クロムウェル』を見ていると、英国役者の重厚な演技ともあいまって、フランク・ハーバートが〈デューン〉でやりたかったのはこういうことだったんだろうなあという気さえしてくる。

両者の軌跡を比べるため、ここでざっと清教徒革命を眺めておこう。

十七世紀半ば、議会は国王チャールズ一世の暴政に対して反旗を翻す。当初、議会軍は王党派貴族のエリート軍に苦戦させられたが、議員のひとりとして戦いに加わった郷紳《ジェントリー》クロムウェルは、敬虔な清教徒で作る鉄騎隊を率い、斬新な戦法で徐々に王党軍を圧倒、やがて議会軍を鉄騎隊の拡充版にあたるニュー・モデル軍として再編成し、ネイズビーの戦いで王党軍を大敗させ、最終的に王を処刑させるにいたる（ここまでが第一作に相当）。

かくて英雄となり、強権を手にしたクロムウェルは、アイルランドに征服戦争を仕掛け、そのさいの虐殺で内外の批判を浴びるも、さらにスコットランドを征してブリテン諸島を統一。その後、対蘭戦争の勃発と講和、西方への勢力移植活動を経て、内外の敵対勢力に対抗するため軍事独裁体制を強め、ついには終身護国卿として実質的な王となり、病死にいたるまで強権政治を行なう（ここまでが本書に相当）。

以上を〈デューン〉にあてはめると、チャールズ一世は帝　王皇帝《パーディシャー》シャッダム四世、貴族や郷紳は領家《りょうけ》、議会は領主会議《ラーンスロード》で、王党軍は親衛兵《サーダカー》というぐあいに、面白いほどよくはまる。清教徒は禅スンニ派、ニュー・モデル軍はフレメン全体。なかでも死を恐れず、『聖書』の一節を唱えつつ戦いに臨む鉄騎隊の死兵ぶりは、フレメンの決死コマンド部隊、フェダイキンにそっくりだ。ネイズビーの戦いにあたるのはアラキーン宇宙港前の戦いか。符丁の合うことに、この時代には香料《スパイス》に関わるプレイヤーもそろっている。香料の産地をモルッカ諸島からアラキスへ、香料貿易の東インド会社を航宙ギルドとＣＨＯＡＭ《チョーム》に置きかえれば、みごとな相似形のできあがりだ。

シェイクスピアはクロムウェルと同時代人なので、護国卿の軌跡を戯曲化してはいない。しかし、あまりにも符丁が合うので、もしやフランク・ハーバートは、シェイクスピアを愛するあまり、詩人《バード》に成り代わって戯曲〝クロムウェル〟を完成させたのではないか――

などという妄想をある機会に口走ったところ、中村融さんから、〝作者のシェイクスピア好きは伝記に書いてありますよ〟と教えられた。

あわててブライアン氏著『〈デューン〉を夢見た者』*Dreamer of Dune* を見ると、なんとフランク・ハーバートは、十二歳になる前にシェイクスピア全作品を読破していたとある。また、ギリシア悲劇やエズラ・パウンド作品も高く評価していた由。パウンドといえば、ギリシア悲劇の英訳でも知られ、合唱《コロス》と能の地謡《じうたい》の類似性から、自身の英訳を日本語化し、能の形式で上演してはどうかと提案した人物でもある。そして能は禅とも深い関係にある。ハーバートは大学時代に禅に傾倒したそうで、前作では禅とスンニ派を結合してみせたり、さりげなく『碧巌集《へきがんしゅう》』の名を出してみたりと、いろんな点で驚かせてくれたが、なるほど、こんなところでつながっていたのかとしみじみ感心したしだい。

その禅は、本書でも重要な役割を果たしている。ただし、前面に出ているのは禅問答や禅の哲学的な側面で、宗教としての側面はあまり感じられない。禅にかぎらず、第一作で（とくに附録の中で）登場した多様な宗教は、本書では鳴りをひそめ、ただキリスト教の要素だけが突出している。あるいは作者にとっての宗教とは、すなわちキリスト教のことだったのかもしれない。それは『オ《O》レンジ（新教の色）・カ《C》トリック（旧教）・聖典《バイブル》』なる、キリスト教しか念頭にないような教典名が象徴しているように思える。

　前作では全宗教が統合されたことになっている。が、いくら遠未来でも、キリスト教とイスラームを統合できるとは考えにくい。かりにできるとしても、右記のような教典名を全宗教の統合教典につけようとしたら、ほかの宗教が黙ってはいないだろう。じっさい、禅スンニ派は別個に存在しているように見えるし、宗教団体でもあるベネ・ゲセリットが『OCB』を尊重しているようにはとても思えない。さらに本書の一節には四十の宗教が滅ぼされたとある。じつは全宗教が統合されていたわけではなかったのである。

　しかし、キリスト教だけであれば統合の目はある。キリスト教各分派の統合運動《エキュメニズム》が実を結んだ宗教――それが作者の意識にある〈デューン〉の統合宗教だったのではあるまいか。作者は無意識のうちに、宗教＝キリスト教と見なしていたのかもしれない。本シリーズにおける宗教の理念と実態との乖離は、だからエキュメニズムを全宗教まで敷衍した設定の歪みからきているのではないかと思う。

　それはさておいても、〈デューン〉宇宙はかなりキリスト教色が濃い。本書でいえば、ポールの宗教政府で使われている用語はほぼキリスト教のものである。もちろん、架空の宗教を創作するうえで、キリスト教の用語を拝借することはあるだろうが、司教《ビショップ》、司祭《プリースト》、侍祭《アコライト》、修練院長《マスター・オブ・ナヴィシエイツ》、典礼《ライト》、晩課《ヴェスパー》、聖堂《フェイン》、柱廊玄関《ポーチ》（＝ポルティコ）、身廊《ネイヴ》、祭壇《オールター》、僕《サーヴァント》、信徒《ディサイプル》、洗礼名《ギヴン・ネーム》、幼子《チャイルド》と並べば、さすがに拝借というレベルではないだろう。

〝聖《ホーリー》なる、聖《ホーリー》なる、聖なるかな《ホーリー》〟にいたっては、キリスト教以外の何物でもない。また、詠誦や詩に頻出する〝彼〟や〝彼女〟は、〝神〟の名を呼ぶのが畏れ多いからと、代名詞で呼び替えたもの。キリスト教では、これはふつうに使われる。

本文中の引用も同様だ。最初の三部作に登場する引用のうち、実在する引用元はすべてキリスト教の『聖書』の一節か、各所から取って継ぎ接ぎしたものである。第三作では、『OCB』の引用という形で『聖書』からの引用があり、赤い竜《サタン》を砂蟲《サンドワーム》のアナロジーに用いて、ポールを竜の乗り手としている。ご承知のように、ワームは竜の別称だ。そしてその竜とは、権力のアナロジーでもあるのかもしれない。

最終的に、ポールは為政者として、ある意味、人類全体の業を負って旅立つ。あたかも救世主《キリスト》のように。しかし、イエス・キリストは三日後に復活する。では、ポールは？

さらに、ポールは使徒パウロの英語読みである。パウロは当初、キリスト教を迫害する側だったが、のちに熱心な伝道者Preacherとなった。これらはなにを意味するのか？それは第三作でおたしかめいただければと思う。

末筆ながら、本書のアラビア語表記は、前作につづき今回も、国吉理恵さんから懇切なご教示を受けた。またエドワード・リプセットさんには、訳語の相談に乗っていただいた。この場を借りて、おふたりに心よりお礼申しあげます。

用語集（内容に触れています）

この用語解説は原文にはなく、訳者が独自に付したもので、推測も含まれる。第一作で登場した用語については、同書下巻の巻末にある用語集をご参照いただきたい。もっとも、そちらを見なくてもわかるように訳したつもりではあるのだが。

●帝国

〈大天守《キープ》〉Keep　本書での実態は超巨大な要塞。原語の意味は城、要塞、砦で、城の一部としては、城主が住む天守を指す。皇帝の居所にしては武骨な呼び名だが、アトレイデス朝の四面楚歌状態をたった一語で的確に表わしている。大時代な謁見の間や大広間、幾何学式庭園等もあることから、ここでは天守を採用した。

〈アリアの大聖堂〉Alia's Fane　正式名は〈啓示の大聖堂〉。fane は古めかしい語で、神殿、寺院、聖堂の意。holy がつくとキリスト教色が強まるため聖堂とした。

聖 職 者《クィザーラ・タフウィード》 Qizara Tafwid　たんにクィザーラとも。ムアッディブを信仰する宗教の聖職者。役職の訳語にはキリスト教風に司教や司祭をあてた。カトリック系の用語を採用したが、適切かどうかは悩ましい。

聖職省《クィザーリット》 Qizarate　アトレイデス朝で発達した宗教的官僚機構の中枢。聖戦《ジハード》を主導。

聖戦《ジハード》 Jihad　本書では征服戦争のこと。イスラームでは自衛の戦いに使われる語であるため、前作でのポールの戦いや〈バトラーの聖戦《ジハード》〉はこれに該当しそうだが、本書での聖戦《ジハード》はむしろ十字軍に近いように思える。

●未来予知

〈デューン・タロット〉 Dune Tarot　〈デューン〉にちなんだ図柄を用いたタロット。使い方は実在のタロットと同様らしいが、微弱ながら予知能力者の未来予知に干渉する働きがある。何者かの手でアラキーンに持ちこまれ、流行した。

〈濁乱の淵《タロット》〉 Time of the Tarot　川床を掻き乱した川が混濁するのと同様、未来予知を妨害する要素（他の予知能力者や〈デューン・タロット〉）から干渉を受けたとき、未来の道筋が局所的に見えにくくなる現象を指す。前項目に関係すると思われるが、具体的な説明はない。

●帝国の敵対勢力ほか

修女会《シスターフッド》 Sisterhood　本書で初めて登場した語。外部から見たベネ・ゲセリットを指す。第一作で出てきたB・Gという略称は、以降、この用語に取って代わられる。原語は修道女会の意だが、キリスト教色が強く出すぎるため、意味は同じでも比較的馴じみの薄い語、修女会を用いた。

般《プラジュ》若観想《ニャー》 Prajna　ベネ・ゲセリットの観念。サンスクリット語で「最高の智慧《ちえ》」を意味する。本書では仏教語あつかいらしいので、定訳の「般若《はんにゃ》」をあてた。

操舵士 Steersman　航宙ギルドの輸送母船パイロット。本書で初登場。エドリックは航宙士 Navigator でもある。航宙士は資格のようなもので、操舵士は職業なのかもしれない。第一作でのスティアズマンは「砂乗り」の「舵取り役」のみの意味で用いられていた。

ベネ・トレイラクス Bene Tleilax　表向きは生体工学を得意とする怪しい技術者集団。本質は禅スンニ派／イスラーム神秘主義系の宗教団体。その暗躍ぶりにおいて、ベネ・ゲセリットと対をなす。メンバーがみな男性である点も修女会と対照的（理由はのちに暗示される）。作者による発音のアクセントは「レ」にある。

トレイラクスー Tleilaxu　「トレイラクスの」という意味の形容詞、もしくは、ベネ・トレイラクスの別称。トレイラクス人と訳せれば楽だが、どうやら組織を指すらしい。そのため、この組織全体を指す場合は修道会的感覚でトレイラクス会、個人を指す場合はトレイラクス会士とした。作者のアクセントは「ラ」にある。

師父《マスター》 Master　ベネ・トレイラクスの支配階級。音声で偶人《ゴウラ》を操る、ある種の人形使い。

踊面術士《フェイスダンサー》 Face Dancer　顔、身体、声を自在に変える能力者。工作員の役割も持つ。

偶人《ゴウラ》 Ghola　死体から蘇らせた生き人形、または死体の細胞から育成したクローン体。故人の情報は蘇生後にインストールされるもので、生前の記憶はない（はず）。物語中では本来、子供が怖がる妖怪を指す。語源は食屍鬼 ghoul と思われる。食屍鬼の特徴のうち、作者はゾンビ的な要素を偶人《ゴウラ》に、変身能力を踊面術士《フェイスダンサー》に受け継がせたのかもしれない。作者による発音は英語の「コブラ」に近い。

矮人《こびと》 Dwarf　ベネ・トレイラクスの工作員？　の一系統。道化のイメージが強い。

変生胎《アホロートル》タンク Axolotl tank　語源はメキシコサンショウウオ（ウーパールーパー）か。英語での発音はアクソロートル。その驚異的再生能力からこの名が採用されたものと思われる。続巻で意味の幅が広がるため、本書では〝再生〟にとどめず、〝変生〟とした。〝胎〟については文字どおりの意味である。

スキュタレー Scytale 由来は古代ギリシアの暗号作成法（円筒に細い布を巻きつけるスパルタの暗号作成法、およびそれで作る暗号筒）かもしれないし、そこから名前をとったとおぼしきサンゴパイプヘビの学名、アニリウス・スキュタレーかもしれない。ヘビのほうがそれらしくはある。英語での読みはサイタリー、オーディオブックの発音はサイテイル。どの表記をとるか迷ったが、主人公を英語読みのアトレイディーズではなく、古代ギリシア語読みのアトレイデスにした関係上、これもそれに準じた。うーん、難しい。なお、アトレイデス家はスパルタ王アトレウスの子ら（アトレイデース）の長兄アガメムノーンの血を引いている。

ビジャーズ Bijaz 作者の発音は遅めに読むとビージャーズ（「ビージーズ」に近い）、速く読むとビジャーズ。アクセントは「ビ」にある。本書では、アラビア語の「奇跡」が語源と見て後者を採った。

大規模養成機関《グレート・スクール》 Great School 既知の宇宙に名を馳せる五大教育機関。本書に名前が登場するのは四つ、ベネ・ゲセリット、航宙ギルド、ギナーズ剣士養成学校、スーク医学院。残るひとつは演算能力者の養成機関である。

『デューン』映画化情報

評論家
堺　三保

『デューン　砂の惑星』はこれまでにも幾度か映像化が試みられてきたが、ドゥニ・ヴィルヌーヴ監督が最新の映像技術を駆使して撮りあげた二〇二一年版（『DUNE／デューン　砂の惑星』）が最高の作品であることに異論のある人は少ないだろう。ただしこの二〇二一年版は、原作の前半部分までを映像化したもので、後半部分は今まさに『デューン：パート２（仮）』として、完成に向けて作業が進められている。ポール役のティモシー・シャラメ、チャニ役のゼンデイヤら前作のキャストに、皇帝役のクリストファー・ウォーケン、イルーラン役のフローレンス・ピュー、フェイド・ラウサ役のオースティン・バトラーら新キャスト陣が加わった撮影は、昨年七月にブダペストで始まり、十二月に完了、現在はポスト・プロダクションの真っ最中で、公開日は今年の十一月三日となっている。

ところで、ヴィルヌーヴ監督が本作『デューン　砂漠の救世主』の映画化も希望していると伝えられている。ネット上にいくつかアップされている彼のインタビューによると、ヴィルヌーヴ監督は「ポール・アトレイデスの物語は『砂漠の救世主』によって完結する」と考えていて、できれば、そこまでを映像化したいと希望しているとのこと。

ただし、実際にはまだ映画会社側からは企画の正式なゴーサインは出ていない。そのあたりは、これから公開される『デューン：パート2（仮）』の興行成績次第だろう。一作目の評判からみて、次作も大ヒットすることは間違いないと思われてはいるが、映画興行はギャンブルなので、これればかりはふたを開けてみないとわからない。

また、監督の方も「こういう大作を作ることはものすごく大変なことだし、自分はマルチタスクが苦手で一度に一つのことしかできないので、まずは二作目を完成させること。『砂漠の救世主』についてはそれから考えたい」のだとか。

原作ファンとしては、ぜひとも本作まで映像化してほしいところだが、ともあれまずは『デューン：パート2（仮）』の公開を楽しみにして待ちたい。

二〇二三年三月

本書は一九七三年八月にハヤカワ文庫ＳＦから刊行された〈デューン〉
『砂漠の救世主』の新訳版の二分冊のうちの下巻です。

訳者略歴　1956年生，1980年早稲田大学政治経済学部卒，英米文学翻訳家　訳書『宇宙（そら）へ』『火星へ』コワル，『書架の探偵』ウルフ，『七王国の騎士』マーティン，『デューン 砂の惑星〔新訳版〕』ハーバート（以上早川書房刊）他多数

HM=Hayakawa Mystery
SF=Science Fiction
JA=Japanese Author
NV=Novel
NF=Nonfiction
FT=Fantasy

デューン 砂漠《さばく》の救世主《きゅうせいしゅ》
〔新訳版〕
〔下〕

〈SF2405〉

二〇二三年四月　十日　印刷
二〇二三年四月十五日　発行
（定価はカバーに表示してあります）

著者　フランク・ハーバート
訳者　酒井《さかい》昭伸《あきのぶ》
発行者　早川　浩
発行所　株式会社 早川書房
郵便番号　一〇一 - 〇〇四六
東京都千代田区神田多町二ノ二
電話　〇三 - 三二五二 - 三一一一
振替　〇〇一六〇 - 三 - 四七七九九
https://www.hayakawa-online.co.jp
乱丁・落丁本は小社制作部宛お送り下さい。
送料小社負担にてお取りかえいたします。

印刷・精文堂印刷株式会社　製本・株式会社明光社
Printed and bound in Japan
ISBN978-4-15-012405-2 C0197

本書は活字が大きく読みやすい〈トールサイズ〉です。